UBU ROI

Paru dans Le Livre de Poche :

Tout Ubu

ALFRED JARRY

Ubu roi

PRÉSENTATION ET NOTES PAR MARIE-FRANCE AZÉMA

LE LIVRE DE POCHE
Libretti

Alfred Jarry par F. A. Cazals
© Collection Viollet

ISBN : 978-2-253-14905-7 - 1re publication - LGF

INTRODUCTION

En ce temps-là, lorsque les lycéens chahutaient, ils consignaient dans un cahier les fantaisies verbales qui tourbillonnaient dans les classes et les salles d'étude. Ainsi naquit, au lycée de Rennes, entre 1885 et 1887 : « *Les Polonais*. Tragi-comique. Pièce en cinq actes de MM. Charles et Henri M. auteurs de *La Bastringue*, de *La Prise d'Ismaël* et de bien d'autres ouvrages sur le P.H. ».

Le P.H., c'était « le père Hébert », un malheureux professeur de physique que les lycéens baptisaient, au gré de leur humeur sadique, Heb, Ebé, Ebon, Ebouille, etc. Ils caricaturaient sa silhouette, l'affublaient d'un sac suspect, s'enchantaient de son goût pour les andouilles, sans oublier, dans leurs sarcasmes, la femme de leur victime, « la mère H. ». En 1888, nouveau venu dans le lycée, condisciple du jeune Henri M(orin) (dont le frère Charles était déjà parti), Alfred Jarry — au demeurant excellent élève — fit jouer, avec pantins puis ombres chinoises, une version, aujourd'hui perdue, de cette farce lycéenne.

Arrivant à Paris en 1891, Jarry apportait les compositions de ce folklore grotesque dont il n'a jamais renié l'origine. Introduit dans les milieux symbolistes, c'est au metteur en scène du Théâtre de l'Œuvre, Lugné-Poe, qui avait monté *Pelléas et Mélisande* de Maeterlinck en 1893, qu'il propose en 1896 *Ubu roi*, une farce dont le titre évoque la tragédie grecque de

Sophocle *Œdipe roi* et que publie alors *Le Mercure de France*. L'argument en était simple : dans une Pologne improbable, un capitaine, le Père Ubu, poussé par sa femme, s'empare du pouvoir, l'exerce avec une cruauté stupide et avide et le perd après une guerre effroyable et dérisoire. L'action est menée avec une violence toute schématique. Les personnages tirent leur force d'une simplicité déconcertante.

À ceux que pourrait surprendre le lien entre les grossièretés provocantes d'*Ubu roi* et les sublimes accents de *Pelléas*, il faut rappeler l'atmosphère de cette fin de siècle littéraire : entre symbolisme et décadence, Jarry n'y détonne guère. Son goût du travail sur le signe, par exemple sur les étymologies ou les lexiques anciens, rappelle, à chaque page de son œuvre, les recherches mallarméennes. Mais l'idéal symboliste ne se résume pas au noble patronage de Mallarmé : il rapprochait, dans les années 1885-1895, ceux qui refusaient une société médiocre et son positivisme triomphant. Doté de la même culture classique, Jarry a la violence de Léon Bloy ou de Barbey d'Aurevilly, la fantaisie grinçante de Laforgue ou Charles Cros, le sens de la dérision des « zutiques », le cynisme de Mirbeau. Enfin dans le milieu littéraire du temps, on éprouvait volontiers, comme lui, de la sympathie pour les libertaires, les anarchistes : ces non-conformistes partageaient le mépris de ce que le critique Catulle Mendès, précisément au sortir de la représentation d'*Ubu roi*, appelait « l'idéal des gens qui ont bien dîné ».

Le Père Ubu, stupide et vorace, se situe d'ailleurs dans la lignée des figures qui, tout au long de la seconde moitié du XIXe siècle, ridiculisent le bourgeois repu : avec sa tête en forme de poire, rappelant les caricatures du roi Louis-Philippe, il est le cousin monstrueux de monsieur Gogo ou de Joseph Prudhomme, voire du Père Fenouillard (c'est en 1889 que

Christophe publie *Les Aventures de la famille Fenouillard* en feuilleton). Même sa cruauté ne lui est pas propre : le Tribulat Bonhommet de Villiers de L'Isle Adam, dans *Claire Lenoir*, égorge comme ça, pour le geste, un cygne, le symbole du poète.

Par ailleurs le théâtre, tout au moins dans ce qu'il est convenu d'appeler les avant-gardes, était alors ouvert à tous les renouvellements. Au Théâtre libre fondé en 1887 sous la bannière du naturalisme, Antoine, avec ses décors réalistes, crée la notion moderne de mise en scène. Lugné-Poe, dans le clan adverse, celui des symbolistes, prône, pour favoriser le rêve, un jeu hiératique, un décor dépouillé : les deux démarches reviennent à dénoncer les conventions de la représentation, celles qui restent omniprésentes sur le boulevard, au vaudeville ou dans le théâtre sérieux.

Rien d'étonnant donc à ce que Lugné-Poe, dont Jarry devint le secrétaire et le régisseur, ait vu que l'outrance d'*Ubu roi* réalisait ce que Maeterlinck et les symbolistes appelaient : « l'absence de l'homme ».

Lugné-Poe avait demandé à des artistes de renom (entre autres Bonnard, Serrusier, Toulouse-Lautrec) de travailler aux décors. L'auteur avait précisé sa conception du spectacle : de simples pancartes pour indiquer les lieux ; des masques, des mannequins d'osier, des « chevaux jupons » qui transformeraient les acteurs en pantins mécaniques ; les troupes traversant la scène réduites à un soldat. Il souhaitait des costumes « modernes et sordides » parce que « le drame en paraît plus misérable et horrifique ». Gémier — un acteur de l'Odéon qui avait accepté le rôle-titre — devait adopter une diction sur deux notes qui porterait l'artifice à son comble. Jarry précisait : « J'ai voulu faire un guignol. »

Quand on regarde le texte de près, on voit que la

mise en question des conventions théâtrales va plus loin encore, par exemple dans l'usage ironique des didascalies, du genre : *« On entend le bruit d'une orgie qui se prolonge jusqu'au lendemain »* (fin de l'acte II), qui, brouillant les notions de temps, n'a guère de sens à la scène.

La générale se passa presque bien, même si la musique composée par Claude Terrasse ne put être jouée : les mécontents ne se manifestèrent qu'au troisième acte (voir p. 56, note 1). Mais pour la première, le 10 décembre 1896, Jarry réaffirma ses choix dans une conférence (inaudible !) précédant le spectacle. Dans la salle, pleine à craquer, on se préparait avec gourmandise à manifester indignation ou ravissement. Le scandale éclata au premier mot, ce « Merdre ! » auquel un spectateur aurait répondu du tac au tac : « mangre ! ». Courteline, furieux, hurlait à l'imposture. Edmond Rostand, dont le *Cyrano de Bergerac* devait, quelques mois plus tard, faire un triomphe, avait le bon goût de sourire avec indulgence. Un anonyme protestait : « Vous ne comprendriez pas davantage Shakespeare », donnant ainsi sa dimension universelle à une soirée bien parisienne.

Ce « Merdre ! » avait ses références littéraires. Jarry l'a expressément opposé au « Zut » qui — dit-il — aurait plu à tout le monde. Car « Zut ! s'écria le Père Roland », c'est le début du roman de Maupassant *Pierre et Jean* (1888), dont la célèbre préface avait servi de manifeste naturaliste. « Zut ! » renvoyait aussi aux « zutiques » : des écrivains qui, vers 1883, se manifestent pour rappeler l'« album zutique », paru en 1872, machine de guerre saugrenue, bombardant les Parnassiens de vers cocasses signés entre autres Arthur Rimbaud, Charles Cros. Ubu, d'emblée, poussait à l'extrême son mépris des usages, redoublant l'incongruité avec ce /R/ inattendu au milieu du juron. Ce faisant, il balayait avec désinvolture une querelle qui nous paraît aujourd'hui bien dérisoire : en ces temps de convenances, hommes politiques et humoristes débattaient du droit de citer sans périphrase le mot du brave Cambronne (on en trouve l'écho dans les plaisanteries proustiennes sur le nom du marquis de Cambremer, un nom qui commence et n'ose finir !).

Les critiques défendirent dès le lendemain leurs points de vue. Les références au théâtre grec et à Shakespeare exaspéraient les uns, enthousiasmaient les autres. Contre ceux qui crient au mauvais goût, Catulle Mendès soutient : *« un fait est acquis : le Père Ubu existe (...) énorme parodie malpropre de Macbeth, de Napoléon »* (*Le Journal*, 11 décembre 1896). Et en effet, le personnage a si vite pris place dans notre imaginaire que, dès les jours suivants, les journalistes traitent le Président du conseil de « Père Ubu ». Mais Jarry refusait à la fois toute dimension contemporaine : Ubu « *n'est pas* exactement Monsieur Thiers ni le bourgeois, ni le mufle... » et — avec encore plus de force — toute interprétation historique. Il affirmait avoir simplement mis *« le public en face de son double ignoble »*.

Malgré le scandale mondain, il n'y eut pas d'autre représentation. Mise en scène une seconde fois avec des marionnettes, au Théâtre des Pantins, en 1898, elle ne sera plus jouée du vivant de Jarry.

Mais ceux qui s'étaient indignés de tant d'outrages aux bonnes mœurs littéraires ne l'oubliaient pas. En 1921, un érudit, Chassé, retrouve et interroge les condisciples de Jarry, les frères Morin, et croit justifier les réticences des gens raisonnables avec la question « Quel est le véritable auteur de cette œuvrette ? ». Si vraiment la pièce avait été écrite par des potaches, elle ne serait, selon lui, qu'une mystification affichant sa nullité. Une nouvelle querelle éclate, que le très sérieux journal *Le Temps* croit trancher avec hauteur :

« *Ubu roi* existe si peu que l'identité de l'auteur ou des auteurs n'importe guère. » Le débat se déplace sur le rôle des avant-gardes : dans le journal nationaliste *La Victoire*, André Lichtenberger dénonce *« l'immense jobardise de notre anarchisme intellectuel, aidé par le snobisme du Tout-Paris et la lâcheté de la critique »*, qui ont crié au chef-d'œuvre grâce à ce qu'un certain Ernest Raynaud avait déjà appelé en 1896 *« la collusion des esthètes et des compagnons anarchistes »*.

Lugné-Poe répond calmement. On a attribué à *Ubu roi « un sens qui correspondait aux aspirations de son époque. Ce sens évoluera comme le reste. Que M. Chassé nous affirme qu'Ubu roi n'est qu'une quasi-mystification, peu nous chaut. Il fut autre chose. Une expérience prochaine nous apprendra si cette "quasi-mystification" répond aussi bien à notre état d'âme qu'à celui de 1898 »*. Hélas, la seconde mise en scène de la pièce, en 1922, sans doute moins bien servie par l'acteur principal, est un véritable four.

Ubu suit pourtant son chemin.

Jarry, en effet, qui aimait d'ailleurs se désigner lui-même du nom de son personnage, n'a cessé d'alimenter la geste, d'une façon très particulière. Au sein d'une œuvre considérable (trois tomes de la Bibliothèque de La Pléiade !), ce que l'on appelle « le cycle d'Ubu » constitue un ensemble varié de textes imbriqués les uns dans les autres, écrits avant et après la pièce *Ubu roi* proprement dite. D'une part, des versions ou d'importants fragments de la pièce avaient déjà été intégrés, par exemple, à *César-Antéchrist* ; d'autres seront repris, dans *Ubu cocu, Ubu enchaîné* (titre parodiant le *Prométhée enchaîné* d'Eschyle), *Ubu sur la butte*. La perspective ainsi créée s'enrichit encore de toutes sortes de textes, documents, dessins, chansons, almanachs, etc., explorant diverses formes d'écriture. Les « présentations », le « répertoire des costumes » complètent ou déplacent notre perception des décors ou personnages. Mais un autre genre d'écrits — citons les *« Paralipomènes d'Ubu »*, (littéralement : « les restes », les chutes) — crée une sorte de « monde d'Ubu » dont Jarry feint d'explorer les mœurs sur le ton du naturaliste décrivant les espèces du continent qu'il découvre.

Le recours à ces textes enrichit les lectures d'*Ubu roi*. Dans le cadre de cette édition, on se contentera de quelques renvois à l'ensemble de la geste d'Ubu dont une publication, assurée par Charles Grivel, est en préparation dans Le Livre de Poche. Cela suffira, nous l'espérons, à donner une idée de l'empilement des sens qui se multiplient dès que l'on sort de la pièce elle-même. Ainsi, par exemple, la référence à *César-Antéchrist* qui contient un « acte héraldique », tandis qu'une partie d'*Ubu roi* en constitue « l'acte terrestre », confirme que les noms des Palotins et de leur capitaine Bordure sont empruntés au vocabulaire des blasons (voir p. 23 et 24). Mais une fois qu'on a rappelé le goût des symbolistes pour ces codes d'un autre âge, on n'est guère plus avancé, même si l'on ajoute que — bien entendu — ce noble registre est un peu brouillé par les connotations sexuelles qui prolifèrent dès qu'on parle de pointes qui s'enfoncent. Car Jarry laisse avec humour les lecteurs responsables de rapprochements qui n'engagent qu'eux-mêmes : la cohérence de son œuvre, visiblement, ne triomphe des absurdités que parce qu'elle les a d'abord fait naître. C'est particulièrement vrai dans le cas d'une pièce de théâtre dont le spectateur peut difficilement compléter le texte par d'autres lectures.

La carrière d'Ubu se prolongeait d'autre part dans l'influence qu'il n'avait cessé d'exercer depuis sa création. Son spectre hante le théâtre d'Apollinaire (voir *Les Mamelles de Tirésias*), de Tzara (*Le Cœur à gaz* 1921). Un dadaïste qui eut jadis son heure de gloire,

Georges Ribemont-Dessaignes, prête à l'un de ses personnages un idéal ubuesque : « Raser. Raser. Raser. Explosion de cervelles. A nu. A nu. ». Et lorsqu'en 1926 Artaud veut « remonter aux sources humaines ou inhumaines du théâtre », il ouvre la salle « Alfred Jarry ».

Les Surréalistes lui rendent hommage, mais sans dire vraiment pourquoi, alors que la critique lettrée (par exemple le mince ouvrage de Fernand Lot, *Alfred Jarry, son œuvre*, 1934) explique fort bien comment Jarry a su mettre le travail sur la langue au service de l'irrespect le plus total.

Mais les coups de chapeau ne donnent pas un public : cinq représentations en tout et pour tout entre 1896 et 1950.

Il faut attendre la mise en scène de Jean Vilar, au T.N.P., en mars 1958, pour que le Père Ubu, magistralement interprété par Georges Wilson, atteigne le grand public. Sa renommée — désormais universelle — enrichit notre vocabulaire de l'adjectif « ubuesque », pour qualifier toute situation ou attitude marquée d'absurdité cocasse, ce qui ne correspond pas tout à fait au personnage (comme toute célébrité, Ubu reste mal compris !).

Depuis lors, Ubu emplit les théâtres, hante les salles de classe, siège dans des colloques, trône dans les bibliothèques.

Devenue l'objet de très savants commentaires, la pièce n'est plus une sorte d'aérolithe tombé d'un ciel inconnu. Chacun apprécie les qualités dramatiques d'une farce qui parodie le théâtre classique : rigueur désinvolte de la composition, violence des jeux scéniques, tension entre l'emphase du langage et la simplicité syntaxique. On reconnaît au personnage de nobles ancêtres, dans la galerie des figures de pleutres et de grotesques, entre le Matamore de Corneille et le Sganarelle de Molière. On lui trouve des descendants : l'effrayant Caligula de Camus ou le sinistre Arturo Ui de Brecht. La pièce elle-même a inauguré le théâtre dit « de l'absurde », celui d'Ionesco, d'Arrabal. La notion de « Théâtre mirlitonesque », l'importance qu'attachait Jarry au jeu des pantins ont trouvé une abondante postérité dans toutes sortes de spectacles accordés au destin tragi-comique de ce fantoche qu'est l'homme moderne.

Alain, dans des *Propos* publiés en 1939 mais qui datent de 1921, avait déjà situé la pièce du côté de la littérature populaire : « *Ubu est vivant à la manière des contes. On peut essayer de les comprendre, mais il faut d'abord les accepter.* » La référence aux géants grotesques de Rabelais s'impose. La « gidouille », dont Jarry affirme gravement qu'elle est une des trois âmes de Platon, c'est le ventre, ce « messer Gaster » dont Rabelais a déjà écrit l'hymne. La pièce donne donc un exemple parfait de cette littérature de carnaval que Bakhtine analyse dans son *François Rabelais et la culture populaire au Moyen Âge* : c'est le mélange de terreur et de dérision qui subvertit la culture savante à coups d'images proliférantes, venues de la culture populaire : andouilles, cornes, ventres proéminents, corps dépecés, etc. Et la création verbale, élément essentiel de cet univers délirant, rattache Jarry à la longue tradition qui depuis Aristophane et Rabelais, mène à Laforgue ou à Michaux, Queneau ou Boris Vian.

Mais Jarry est resté le maître de ce que Michel Arrivé appelle des « exercices de structurations et déstructurations des systèmes sémiotiques ».

Et si l'on ne sait pas toujours où nous mène cette bousculade de sens, il reste qu'elle nous entraîne dans une allégresse naïve. Nous rions, sans savoir si c'est du Père Ubu ou avec lui, dès qu'il pousse son premier « Merdre ! ». On l'avait déjà dit, il y a bien longtemps :

« Si vraiment les efforts accumulés par l'humanité en des siècles de douleur et de sang, aboutissent à ce mot du père Ubu, le comique de cet étrange univers dépasse tout ce que l'on peut imaginer » (Gabriel Brunet, dans *Le Mercure de France*, 1er février 1933).

Marie-France AZÉMA.

REPÈRES CHRONOLOGIQUES

1873 Naissance à Laval d'Alfred Jarry. En 1879, la famille s'installe d'abord à Saint-Brieuc.

1888 Jarry arrive au lycée de Rennes. Les lycéens (en particulier, les deux frères Morin) ont déjà rédigé, en chahutant un professeur de physique, diverses pièces dont *Les Polonais*. Quelques représentations sont organisées dans les familles Morin et Jarry, en particulier avec des pantins et des ombres chinoises.

1891-1893 Jarry, élève de rhétorique supérieure au Lycée Henri IV à Paris, suit les cours d'Henri Bergson, professeur de philosophie. Il échoue trois fois au concours d'entrée de l'École Normale Supérieure.

1893 *Guignol*, où figure Ubu, publié dans *L'Écho de Paris*, obtient un prix décerné par ce journal.

1894 Lié au milieu symboliste (en particulier à Léon-Paul Fargue), Jarry présente à ses amis des textes qui mettent en scène le personnage d'Ubu. Publication des *Minutes de sable mémorial*.

1895 Dans ces années, Jarry a dans les milieux littéraires des amis qui apprécient son originalité pleine d'excentricité et lui resteront fidèles. Les volumes de ses œuvres ne se vendent guère, mais divers textes sont publiés en revue, en particulier dans *Le Mercure de France : César-Antéchrist* comportant un « acte héraldique » et une version d'*Ubu roi* (« Acte terrestre ») écrite antérieurement. Sans entrer ici dans le détail de ces compositions très complexes, signalons que cette imbrication autorise de nombreuses lectures, en particulier sexuelles, de la version définitive d'*Ubu roi.*

1896 Jarry propose pour le Théâtre de l'Œuvre, que dirige Lugné-Poe, au choix, une version d'*Ubu roi* ou *Les Polyèdres* (une version d'*Ubu cocu*). *Ubu roi* est publié en utilisant des caractères typographiques du XVe siècle que Jarry avait fait fondre pour la revue d'estampes qu'il avait fondée. Jarry devient le secrétaire et le régisseur du Théâtre de l'Œuvre. Publication de différents textes autour d'Ubu : *De l'inutilité du théâtre au théâtre, Les Paralipomènes d'Ubu* (du grec : « les choses laissées de côté », les chutes ; c'est le titre d'un livre de la Bible ajouté au Livre des Rois.), avec une version de *La Chanson du décervelage.*

10 décembre 1896 : Représentation d'*Ubu roi* au Théâtre de l'Œuvre, précédée d'une conférence de Jarry présentant la pièce. Le programme distribué en donne une autre présentation. La presse rend compte du « scandale ».

1897 Publication dans *La Revue Blanche* de *Questions de théâtre*, de *Les Jours et les Nuits*, « roman d'un déserteur », du fac-similé autographique d'*Ubu roi* avec la « Composition de l'orchestre ».

1898 Jarry regroupe un certain nombre de textes, dont ses œuvres de jeunesse sous le titre *Ontogénie. Ubu roi* est joué au Théâtre des Pantins, avec des marionnettes de Pierre Bonnard, accompagné au piano par Claude Terrasse qui joue : *L'Ouverture d'Ubu roi, La Marche des Polonais* (Acte IV) et *La Chanson du décervelage.* Publication d'un recueil de textes : *L'Amour en visites*, de *L'Almanach du Père Ubu illustré* (dessins de P. Bonnard). Rédaction de *Gestes et opinions du Docteur Fostroll, pataphysicien* « roman néoscientifique » (publié en 1911).

1899 Un roman : *L'Amour absolu.*

1900 Version définitive d'*Ubu roi* (comportant la *Chanson du décervelage*), suivi d'*Ubu enchaîné.* Traduction de la pièce *Les Silènes* de l'auteur allemand C.D. Grabbe.

1901 Publication de *L'Almanach illustré du Père Ubu (*XXe *siècle). Ubu roi* réduit à deux actes qui deviendront *Ubu sur la butte*, représenté en 1906. Publication de *Messaline* « roman de l'ancienne Rome ».

1902 Publication d'un roman : *Le Surmâle*

À partir de 1904, si les activités et les travaux de Jarry restent variés (de nombreux articles qu'il prévoyait de rassembler sous le titre *La Chandelle verte*, poèmes, conférences, traductions, livrets d'opéra dont un *Pantagruel* pour une musique de Claude Terrasse, qu'il ne parvient pas à terminer), sa situation personnelle, sa santé, ses finances se détériorent gravement et plusieurs projets traînent sans se concrétiser. Réfugié à Laval, il ne revient à Paris que pour affronter ses créanciers.

1907 Mort à Paris d'une méningite tuberculeuse.

1965 Publication de « Tout Ubu » dans Le Livre de Poche, édition de Maurice Saillet.

1972 Publication du tome I des Œuvres complètes dans la Bibliothèque de La Pléiade, par Michel Arrivé, contenant principalement les textes de jeunesse : *Ontogénies* et l'ensemble des textes d'Ubu (les tomes 2 et 3 paraissent en 1987 et 1988).

Le véritable portrait de Monsieur Ubu
Dessin à la plume d'Alfred Jarry

ALFRED JARRY

UBU ROI

Drame en cinq Actes
en prose
Restitué en son intégrité
tel qu'il a été représenté par
les marionnettes du Théâtre
des Phynances en 1888[1].

ÉDITION DU MERCVRE DE FRANCE
15, rue de l'Échaudé-Saint-Germain
M DCCC XCVI

Achevé d'imprimer le 11 juin 1896
avec les caractères du Perhinderion[2]
par Charles Renaudie,
56, rue de Seine, à Paris.

---

1. Pour ce sous-titre qui rappelle la farce lycéenne composée à Rennes, voir Introduction, p. 7. 2. Il s'agit de la revue pour laquelle Jarry avait fait composer des caractères repris du xve siècle.

CE LIVRE

est dédié

à

MARCEL SCHWOB[1]

Adonc le Père Ubu hoscha[2] la poire, dont fut depuis nommé par les Anglois Shakespeare et avez de lui sous ce nom maintes belles tragœdies par escript.

---

1. Marcel Schwob (1867-1905), journaliste, critique, romancier ; un personnage important des milieux symbolistes. Voir de Marcel Schwob : *Le Roi au masque d'or*, Le Livre de Poche nº 16042. 2. Toute la phrase pastiche l'ancien français ; hoscher (graphie de « hocher » : secouer) renvoie à l'anglais « shake » et poire se dit en anglais « pear ». On verra que l'intrigue n'est pas sans rappeler celle de la pièce de Shakespeare, *Macbeth*.

PERSONNAGES

PÈRE UBU[1]
MÈRE UBU
CAPITAINE BORDURE[2]
LE ROI VENCESLAS[3]
LA REINE ROSEMONDE[4]
BOLESLAS .... } leurs fils
LADISLAS................. } leurs fils
BOUGRELAS .... } leurs fils
LE GÉNÉRAL LASCY[5]
STANISLAS LECZINSKI
JEAN SOBIESKI
NICOLAS RENSKY
L'EMPEREUR ALEXIS

---

1. Pour ce nom, voir Introduction, p. 7. 2. Ce nom est un terme de héraldique désignant une pièce faisant le tour du blason, ce qui, dans l'univers de Jarry, en ferait la métaphore de l'anus. Voir sur ce point la remarque sur *César-Antéchrist*, p. 13. 3. Venceslas, Ladislas et Boleslas sont des prénoms polonais, portés par des rois de Pologne, Bohême ou Hongrie. Bougrelas est fabriqué sur le même modèle à partir de « bougre », terme désignant autrefois un homosexuel, et « las » qui souligne la valeur sexuelle du calembour. Dans une des présentations de la pièce, pour affirmer que l'action se situe dans un pays très schématique, Jarry traduit le nom « Pologne » : « Loin-Quelque-Part », à partir du radical grec de l'indéfini « po »- et de « logne », forme plus ou moins attestée de « loin », étymologie particulièrement fantaisiste ! 4. Ce prénom n'a été porté par aucune reine de Pologne, mais par diverses reines au destin sanglant. 5. Le général Lascy, Stanislas Leczinski, Jean Sobieski, l'Empereur ou Czar Alexis, Michel Fédorovich sont des personnages de l'histoire polonaise ou russe, dont les noms sont utilisés ici avec beaucoup de désinvolture, par exemple sans tenir compte des dates auxquelles ils ont vécu.

GIRON ....
PILE .... } PALOTINS [1]
COTICE....................
CONJURÉS ET SOLDATS
PEUPLE
MICHEL FÉDÉROVITCH
NOBLES
MAGISTRATS
CONSEILLERS
FINANCIERS
LARBINS DE PHYNANCES [2]
PAYSANS
TOUTE L'ARMÉE RUSSE [3]
TOUTE L'ARMÉE POLONAISE
LES GARDES DE LA MÈRE UBU
UN CAPITAINE
L'OURS
LE CHEVAL À PHYNANCES
LA MACHINE À DÉCERVELER [4]
L'ÉQUIPAGE
LE COMMANDANT

---

1. Le nom de ces créatures imaginaires peut évoquer le supplice du « pal » (ceci est confirmé par *Ubu cocu*), les sonorités de « palot » ou encore le mot « calotin », courant dans le lexique anticlérical de la fin du XIXe siècle. Les frères Morin y voyaient une évolution de « salopins », utilisé dans la farce lycéenne (voir Introduction p. 7). Leurs noms propres sont eux aussi empruntés au lexique des blasons : la pile est un triangle qui traverse l'écu de haut en bas ; le giron est un triangle qui s'enfonce vers le centre de l'écu ; la cotice est une bande qui traverse l'écu en diagonale (voir ill. p. 93). Bien des textes de Jarry donnent à ces termes des connotations sexuelles qui ne sont pas apparentes dans la pièce d'*Ubu roi* elle-même. **2.** Voir note 2, p. 54 (III, 4). **3.** Pour cette amplification, voir Introduction p. 9. **4.** Si l'ours peut être considéré comme un personnage, c'est de façon toute provocante que Jarry place dans la liste le cheval et la machine, instruments de la cruauté d'Ubu. On verra que la machine n'est d'ailleurs pas utilisée sur scène.

ACTE PREMIER

Scène Première

Père Ubu, Mère Ubu

Père Ubu. Merdre[1] !

Mère Ubu. Oh ! voilà du joli, Père Ubu, vous estes[2] un fort grand voyou.

Père Ubu. Que ne vous assom'je[3], Mère Ubu !

Mère Ubu. Ce n'est pas moi, Père Ubu, c'est un autre qu'il faudrait assassiner.

Père Ubu. De par ma chandelle verte[4], je ne comprends pas.

Mère Ubu. Comment, Père Ubu, vous estes content de votre sort ?

Père Ubu. De par ma chandelle verte[4], merdre, madame, certes oui, je suis content. On le serait à moins : capitaine de dragons, officier de confiance du roi Venceslas, décoré de l'ordre de l'Aigle Rouge

---

1. « Le mot » qui fit scandale daterait de la pièce *Les Polonais*. Voir Introduction, p. 10. 2. Le mélange de termes produisant un effet d'archaïsme et d'expressions orales et familières ou même grossières donne à la pièce, et particulièrement à la langue du père Ubu, une cocasserie étrange. 3. Ici, l'élision renforce le caractère artificiel de l'inversion (verbe + je) qui ne s'emploie plus que dans quelques expressions du type « que dis-je ». 4. Pour Jarry, cette parodie des invocations solennelles des rois, se référant par exemple à leur sceptre, était aussi une allusion à l'absinthe, boisson de couleur verte interdite à la fin du XIXe siècle.

de Pologne et ancien roi d'Aragon[1], que voulez-vous de mieux ?

MÈRE UBU. Comment ! Après avoir été roi d'Aragon vous vous contentez de mener aux revues une cinquantaine d'estafiers[2] armés de coupe-choux[3], quand vous pourriez faire succéder sur votre fiole[4] la couronne de Pologne à celle d'Aragon ?

PÈRE UBU. Ah ! Mère Ubu, je ne comprends rien de ce que tu dis.

MÈRE UBU. Tu es si bête !

PÈRE UBU. De par ma chandelle verte, le roi Venceslas est encore bien vivant ; et même en admettant qu'il meure, n'a-t-il pas des légions d'enfants ?

MÈRE UBU. Qui t'empêche de massacrer toute la famille et de te mettre à leur place ?

PÈRE UBU. Ah ! Mère Ubu, vous me faites injure et vous allez passer tout à l'heure par la casserole[5].

MÈRE UBU. Eh ! pauvre malheureux, si je passais par la casserole, qui te raccommoderait tes fonds de culotte ?

PÈRE UBU. Eh vraiment ! et puis après ? N'ai-je pas un cul comme les autres ?

MÈRE UBU. À ta place, ce cul, je voudrais l'installer sur un trône. Tu pourrais augmenter indéfiniment tes richesses, manger fort souvent de l'andouille[6] et rouler carrosse par les rues[7].

PÈRE UBU. Si j'étais roi, je me ferais construire une

---

1. Rien dans la pièce n'explique ce nom qui semble un reste des aventures élaborées par les lycéens. (Voir Introduction, p. 7). Ce titre, qui a été porté par les rois d'Espagne, peut évoquer plus généralement les temps où les royautés étaient attribuées ou enlevées au fil des guerres, des alliances, etc. 2. Désigne de façon péjorative des domestiques armés pour protéger leur maître. 3. Nom familier d'un sabre court, ou même d'une lame de rasoir, soit d'une arme peu efficace. 4. Le terme joue sur deux registres : désignation vulgaire du visage, ou désignation ancienne d'un flacon. 5. Fusion burlesque de « passer par les armes » et « passer à la casserole ». 6. Aliment classique du folklore grotesque, l'andouille évoque à la fois les excréments et le pénis. 7. Expression ancienne pour « avoir un train de vie somptueux ».

grande capeline[1] comme celle que j'avais en Aragon et que ces gredins d'Espagnols m'ont impudemment volée.

MÈRE UBU. Tu pourrais aussi te procurer un parapluie[2] et un grand caban qui te tomberait sur les talons.

PÈRE UBU. Ah ! je cède à la tentation. Bougre[3] de merdre, merdre de bougre, si jamais je le rencontre au coin d'un bois, il passera un mauvais quart d'heure.

MÈRE UBU. Ah ! bien, Père Ubu, te voilà devenu un véritable homme.

PÈRE UBU. Oh non ! moi, capitaine de dragons, massacrer le roi de Pologne ! plutôt mourir[4] !

MÈRE UBU, *à part.* Oh ! merdre ! *(Haut.)* Ainsi, tu vas rester gueux comme un rat, Père Ubu ?

PÈRE UBU. Ventrebleu, de par ma chandelle verte, j'aime mieux être gueux comme un maigre et brave rat que riche comme un méchant et gras chat.

MÈRE UBU. Et la capeline ? et le parapluie ? et le grand caban ?

PÈRE UBU. Eh bien, après, Mère Ubu ?

Il s'en va en claquant la porte.

MÈRE UBU, *seule.* Vrout[5], merdre, il a été dur à la détente, mais vrout, merdre, je crois pourtant l'avoir ébranlé. Grâce à Dieu et à moi-même, peut-être dans huit jours serai-je reine de Pologne.

---

1. Objet de l'univers d'Ubu sans doute destiné à rester énigmatique. Ce pourrait être un casque, sans le terme « construire ». Jarry dans « Répertoire des costumes » évoque un grand manteau. Voir d'ailleurs acte II, scène 1. 2. Accessoire dont les caricaturistes avaient fait l'attribut du roi Louis-Philippe et des bourgeois précautionneux (voir le Père Fenouillard et son « parapluie des ancêtres », Introduction, p. 9). 3. Voir note 3, p. 23. 4. Avec une extrême densité, la scène parodie les débats et retournements du héros dans le théâtre classique. 5. Variante possible de « prout », onomatopée exprimant anciennement le dédain, puis, évoquant, au XIXe siècle, un pet ou encore la sodomie (qui apparaît de façon discrète mais répétée dans la pièce, par exemple avec le thème du pal).

Scène II

La scène représente une chambre[1] *de la maison du Père Ubu où une table splendide est dressée.*

PÈRE UBU, MÈRE UBU

MÈRE UBU. Eh ! nos invités sont bien en retard.

PÈRE UBU. Oui, de par ma chandelle verte. Je crève de faim. Mère Ubu, tu es bien laide aujourd'hui. Est-ce parce que nous avons du monde[2] ?

MÈRE UBU, *haussant les épaules.* Merdre.

PÈRE UBU, *saisissant un poulet rôti.* Tiens, j'ai faim. Je vais mordre dans cet oiseau. C'est un poulet, je crois. Il n'est pas mauvais.

MÈRE UBU. Que fais-tu, malheureux ? Que mangeront nos invités.

PÈRE UBU. Ils en auront encore bien assez. Je ne toucherai plus à rien. Mère Ubu, va donc voir à la fenêtre si nos invités arrivent.

MÈRE UBU, *y allant.* Je ne vois rien.

Pendant ce temps, le Père Ubu dérobe une rouelle de veau.

MÈRE UBU. Ah ! voilà le capitaine Bordure et ses partisans qui arrivent. Que manges-tu donc, Père Ubu ?

PÈRE UBU. Rien, un peu de veau.

MÈRE UBU. Ah ! le veau ! le veau ! veau ! Il a mangé le veau ! Au secours !

PÈRE UBU. De par ma chandelle verte, je te vais[3] arracher les yeux.

La porte s'ouvre.

---

1. Terme équivalent de « salle », l'époque où il n'y avait pas de « chambre » au sens moderne du terme. Dans toute la pièce, l'absence de transition entre les scènes réduit l'action à ses moments forts. 2. Ironie ou particularité de l'univers ubuesque ? 3. Tournure de la langue classique : lorsque deux verbes se suivent, le pronom complément du second se met devant le premier.

Scène III

PÈRE UBU, MÈRE UBU,
CAPITAINE BORDURE ET SES PARTISANS

MÈRE UBU. Bonjour, messieurs, nous vous attendons avec impatience. Asseyez-vous.

CAPITAINE BORDURE. Bonjour, madame. Mais où est donc le Père Ubu ?

PÈRE UBU. Me voilà ! me voilà ! Sapristi, de par ma chandelle verte, je suis pourtant assez gros.

CAPITAINE BORDURE. Bonjour, Père Ubu. Asseyez-vous, mes hommes.

Ils s'asseyent tous.

PÈRE UBU. Ouf, un peu plus, j'enfonçais ma chaise.

CAPITAINE BORDURE. Eh ! Mère Ubu ! que nous donnez-vous de bon aujourd'hui ?

MÈRE UBU. Voici le menu.

PÈRE UBU. Oh ! ceci m'intéresse.

MÈRE UBU. Soupe polonaise, côtes de rastron[1], veau, poulet, pâté de chien, croupions de dinde, charlotte russe[2]...

PÈRE UBU. Eh ! en voilà assez, je suppose. Y en a-t-il encore ?

MÈRE UBU, *continuant.* Bombe[3], salade, fruits, dessert, bouilli, topinambours, choux-fleurs à la merdre.

PÈRE UBU. Eh ! me crois-tu empereur d'Orient pour faire de telles dépenses ?

MÈRE UBU. Ne l'écoutez pas, il est imbécile.

PÈRE UBU. Ah ! je vais aiguiser mes dents contre vos mollets.

MÈRE UBU. Dîne plutôt, Père Ubu. Voilà de la polonaise.

PÈRE UBU. Bougre, que c'est mauvais.

CAPITAINE BORDURE. Ce n'est pas bon, en effet.

---

1. Il n'y a pas d'animaux ainsi nommés. 2. Entremets de l'époque composé de crème fouettée et de biscuit. 3. Désignait une forme de glace.

MÈRE UBU. Tas d'Arabes, que vous faut-il ?

PÈRE UBU, *se frappant le front.* Oh ! j'ai une idée. Je vais revenir tout à l'heure.

Il s'en va.

MÈRE UBU. Messieurs, nous allons goûter du veau.

CAPITAINE BORDURE. Il est très bon, j'ai fini.

MÈRE UBU. Aux croupions, maintenant.

CAPITAINE BORDURE. Exquis, exquis ! Vive la Mère Ubu.

TOUS. Vive la Mère Ubu.

PÈRE UBU, *rentrant.* Et vous allez bientôt crier vive le Père Ubu.

Il tient un balai innommable[1] *à la main et le lance sur le festin.*

MÈRE UBU. Misérable, que fais-tu ?

PÈRE UBU. Goûtez un peu.

Plusieurs goûtent et tombent empoisonnés.

PÈRE UBU. Mère Ubu, passe-moi les côtelettes de rastron, que je serve.

MÈRE UBU. Les voici.

PÈRE UBU. À la porte tout le monde ! Capitaine Bordure, j'ai à vous parler.

LES AUTRES. Eh ! nous n'avons pas dîné.

PÈRE UBU. Comment, vous n'avez pas dîné ! À la porte, tout le monde ! Restez, Bordure.

Personne ne bouge.

PÈRE UBU. Vous n'êtes pas partis ? De par ma chandelle verte, je vais vous assommer de côtes de rastron.

Il commence à en jeter.

---

1. D'autres textes de Jarry ou les commentaires des frères Morin font de cet euphémisme le nom d'un balai de cabinet (ce qui prolonge le thème scatologique du plat de choux-fleurs).

TOUS. Oh ! Aïe ! Au secours ! Défendons-nous ! malheur ! je suis mort !

PÈRE UBU. Merdre, merdre, merdre. À la porte ! je fais mon effet.

TOUS. Sauve qui peut ! Misérable Père Ubu ! traître et gueux voyou !

PÈRE UBU. Ah ! les voilà partis. Je respire, mais j'ai fort mal dîné. Venez, Bordure.

Ils sortent avec la Mère Ubu.

Scène IV

PÈRE UBU, MÈRE UBU, CAPITAINE BORDURE

PÈRE UBU. Eh bien, capitaine, avez-vous bien dîné ?

CAPITAINE BORDURE. Fort bien, monsieur, sauf la merdre.

PÈRE UBU. Eh ! la merdre n'était pas mauvaise.

MÈRE UBU. Chacun son goût.

PÈRE UBU. Capitaine Bordure, je suis décidé à vous faire duc de Lithuanie [1].

CAPITAINE BORDURE. Comment, je vous croyais fort gueux, Père Ubu.

PÈRE UBU. Dans quelques jours, si vous voulez, je règne en Pologne.

CAPITAINE BORDURE. Vous allez tuer Venceslas ?

PÈRE UBU. Il n'est pas bête, ce bougre, il a deviné.

CAPITAINE BORDURE. S'il s'agit de tuer Venceslas, j'en suis. Je suis son mortel ennemi et je réponds de mes hommes.

PÈRE UBU, *se jetant sur lui pour l'embrasser.* Oh ! Oh ! je vous aime beaucoup, Bordure.

CAPITAINE BORDURE. Eh ! vous empestez, Père Ubu. Vous ne vous lavez donc jamais ?

PÈRE UBU. Rarement.

---

1. Pays uni à la Pologne au XIVe siècle.

MÈRE UBU. Jamais !
PÈRE UBU. Je vais te marcher sur les pieds.
MÈRE UBU. Grosse merdre !
PÈRE UBU. Allez, Bordure, j'en ai fini avec vous. Mais par ma chandelle verte, je jure sur la Mère Ubu de vous faire duc de Lithuanie.
MÈRE UBU. Mais...
PÈRE UBU. Tais-toi, ma douce enfant...

Ils sortent.

Scène V

PÈRE UBU, MÈRE UBU, UN MESSAGER

PÈRE UBU. Monsieur, que voulez-vous ? fichez le camp, vous me fatiguez.
LE MESSAGER. Monsieur, vous êtes appelé de par le roi.

Il sort.

PÈRE UBU. Oh ! merdre, jarnicotonbleu[1], de par ma chandelle verte, je suis découvert, je vais être décapité ! hélas ! hélas[2] !
MÈRE UBU. Quel homme mou ! et le temps presse.
PÈRE UBU. Oh ! j'ai une idée : je dirai que c'est la Mère Ubu et Bordure.
MÈRE UBU. Ah ! gros P.U., si tu fais ça...
PÈRE UBU. Eh ! j'y vais de ce pas.

Il sort.

MÈRE UBU, *courant après lui.* Oh ! Père Ubu, Père Ubu, je te donnerai de l'andouille[3].

---

1. Juron composé par Ubu : « jarni » pour « je renie » avait produit le juron « jarnibleu », (pour éviter « je renie dieu »). « Jarnicoton » existe aussi, plutôt employé au théâtre. 2. La scène rappelle, entre autres, *Cinna* de Corneille : Cinna, qui complote contre l'empereur Auguste, est inquiet lorsque celui-ci le convoque. 3. Voir note 6, p. 27.

Elle sort.

PÈRE UBU, *dans la coulisse.* Oh ! merdre ! tu en es une fière, d'andouille.

Scène VI

Le palais du roi.

LE ROI VENCESLAS, ENTOURÉ DE SES OFFICIERS ; BORDURE ; LES FILS DU ROI, BOLESLAS, LADISLAS ET BOUGRELAS. PUIS UBU

PÈRE UBU, *entrant.* Oh ! vous savez, ce n'est pas moi, c'est la Mère Ubu et Bordure.

LE ROI. Qu'as-tu, Père Ubu ?

BORDURE. Il a trop bu[1].

LE ROI. Comme moi ce matin.

PÈRE UBU. Oui, je suis saoul, c'est parce que j'ai bu trop de vin de France.

LE ROI. Père Ubu, je tiens à récompenser tes nombreux services comme capitaine de dragons, et je te fais aujourd'hui comte de Sandomir[2].

PÈRE UBU. O monsieur Venceslas, je ne sais comment vous remercier.

LE ROI. Ne me remercie pas, Père Ubu, et trouve-toi demain matin à la grande revue.

PÈRE UBU. J'y serai, mais acceptez, de grâce, ce petit mirliton[3].

---

1. Ce type de rimes très élémentaires caractérise ce que Jarry a systématisé sous le nom de « Théâtre mirlitonesque ». Voir note 1, p. 34. **2.** De même, dans *Macbeth*, le roi annonce au héros qu'il le fait « Thane de Cawdor ». **3.** L'insignifiance de ce jouet à musique formé d'un tuyau de bois est souligné par l'adjectif « petit ». Dans les notes d'une « Conférence sur les Pantins », prononcée en 1902, Jarry précise qu'il est associé à la joie que procurent les spectacles de marionnettes et de Guignol et que donc, les « vers de mirlitons », sont « l'expression enfantine et simplifiée de l'absolu sagesse des nations ».

Il présente au roi un mirliton.

LE ROI. Que veux-tu que je fasse d'un mirliton ? Je le donnerai à Bougrelas.

LE JEUNE BOUGRELAS. Est-il bête, ce Père Ubu.

PÈRE UBU. Et maintenant, je vais foutre le camp. *(Il tombe en se retournant.)* Oh ! aïe ! au secours ! De par ma chandelle verte, je me suis rompu l'intestin et crevé la bouzine [1] !

LE ROI, *le relevant.* Père Ubu, vous estes-vous fait mal ?

PÈRE UBU. Oui certes, et je vais sûrement crever [2]. Que deviendra la Mère Ubu ?

LE ROI. Nous pourvoirons à son entretien.

PÈRE UBU. Vous avez bien de la bonté de reste. *(Il sort.)* Oui, mais, roi Venceslas, tu n'en seras pas moins massacré.

Scène VII

La maison d'Ubu.

GIRON, PILE, COTICE, PÈRE UBU, MÈRE UBU, CONJURÉS ET SOLDATS, CAPITAINE BORDURE

PÈRE UBU. Eh ! mes bons amis, il est grand temps d'arrêter le plan de la conspiration. Que chacun donne son avis. Je vais d'abord donner le mien, si vous le permettez.

CAPITAINE BORDURE. Parlez, Père Ubu.

PÈRE UBU. Eh bien, mes amis, je suis d'avis d'empoisonner simplement le roi en lui fourrant de l'arsenic

---

1. Emprunt probable à Rabelais (pour qui le terme désigne une sorte de cornemuse), interprétable comme le ventre ou toute partie gonflée prête à éclater ; le radical de « bousin », venu de l'anglais évoque le trop-plein d'alcool (voir les « bousingots » surnom des jeunes romantiques menant une vie de bohème). 2. Une fois de plus, la vulgarité du terme contraste avec les archaïsmes donnant l'impression d'un langage noble.

dans son déjeuner. Quand il voudra le brouter[1] il tombera mort, et ainsi je serai roi.

TOUS. Fi, le sagouin !

PÈRE UBU. Eh quoi, cela ne vous plaît pas ? Alors, que Bordure donne son avis.

CAPITAINE BORDURE. Moi, je suis d'avis de lui ficher un grand coup d'épée qui le fendra de la tête à la ceinture.

TOUS. Oui ! voilà qui est noble et vaillant.

PÈRE UBU. Et s'il vous donne des coups de pied ? Je me rappelle maintenant qu'il a pour les revues des souliers de fer qui font très mal. Si je savais, je filerais vous dénoncer pour me tirer de cette sale affaire, et je pense qu'il me donnerait aussi de la monnaie.

MÈRE UBU. Oh ! le traître, le lâche, le vilain et plat ladre[2].

TOUS. Conspuez le Père Ubu !

PÈRE UBU. Hé ! messieurs, tenez-vous tranquilles si vous ne voulez visiter mes poches[3]. Enfin je consens à m'exposer pour vous. De la sorte, Bordure, tu te charges de pourfendre le roi.

CAPITAINE BORDURE. Ne vaudrait-il pas mieux nous jeter tous à la fois sur lui en braillant et gueulant ? Nous aurions chance ainsi d'entraîner les troupes.

PÈRE UBU. Alors, voilà. Je tâcherai de lui marcher sur les pieds, il regimbera, alors je lui dirai : MERDRE, et à ce signal vous vous jetterez sur lui.

MÈRE UBU. Oui, et dès qu'il sera mort tu prendras son sceptre et sa couronne.

---

1. Autre décalage dans la langue : l'emploi d'un mot dont on ne sait s'il s'agit d'une maladresse ou d'une particularité du langage d'Ubu. 2. Injure traditionnelle à l'égard des avares (signifie à l'origine que la peau est dépourvue de poil). 3. L'image évoque un enfermement (voir plus loin : « à la trappe »). Jarry avait écrit « pôche ». Pour les frères Morin, c'était une allusion à un sac suspendu par une bretelle qu'aurait traîné le père Hébert.

CAPITAINE BORDURE. Et je courrai avec mes hommes à la poursuite de la famille royale.

PÈRE UBU. Oui, et je te recommande spécialement le jeune Bougrelas.

Ils sortent.

PÈRE UBU, *courant après et les faisant revenir.* Messieurs, nous avons oublié une cérémonie indispensable, il faut jurer de nous escrimer vaillamment.

CAPITAINE BORDURE. Et comment faire ? Nous n'avons pas de prêtre.

PÈRE UBU. La Mère Ubu va en tenir lieu.

TOUS. Eh bien, soit.

PÈRE UBU. Ainsi, vous jurez de bien [1] tuer le roi ?

TOUS. Oui, nous le jurons. Vive le Père Ubu !

FIN DU PREMIER ACTE

---

1. Encore une formule maladroite qui joue sur plusieurs constructions : s'agit-il de le tuer « correctement » ou de le tuer « effectivement » ? Le jeu de mots se trouve déjà dans le *Dom Juan* de Molière « Ne l'ai-je pas bien tué ? » (I, 2).

ACTE II

Scène Première

Le palais du roi.

VENCESLAS, LA REINE ROSEMONDE,
BOLESLAS, LADISLAS ET BOUGRELAS

LE ROI. Monsieur Bougrelas, vous avez été ce matin fort impertinent avec Monsieur Ubu, chevalier de mes ordres et comte de Sandomir. C'est pourquoi je vous défends de paraître à ma revue.

LA REINE. Cependant, Venceslas, vous n'auriez pas trop de toute votre famille pour vous défendre.

LE ROI. Madame, je ne reviens jamais sur ce que j'ai dit. Vous me fatiguez avec vos sornettes.

LE JEUNE BOUGRELAS. Je me soumets, monsieur mon père.

LA REINE. Enfin, sire, êtes-vous toujours décidé à aller à cette revue ?

LE ROI. Pourquoi non, madame ?

LA REINE. Mais, encore une fois, ne l'ai-je pas vu en songe [1] vous frappant de sa masse d'armes et vous jetant dans la Vistule [2], et un aigle comme celui qui figure dans les armes de Pologne lui plaçant la couronne sur la tête ?

---

1. Le songe prémonitoire de la reine est un morceau de bravoure de diverses pièces classiques. 2. C'est justement le fleuve qui passe à Sandomir (voir I, 6).

LE ROI. À qui ?
LA REINE. Au Père Ubu.
LE ROI. Quelle folie ! Monsieur de Ubu est un fort bon gentilhomme, qui se ferait tirer à quatre chevaux[1] pour mon service.
LA REINE ET BOUGRELAS. Quelle erreur.
LE ROI. Taisez-vous, jeune sagouin. Et vous, madame, pour vous prouver combien je crains peu Monsieur Ubu, je vais aller à la revue comme je suis, sans arme et sans épée.
LA REINE. Fatale imprudence, je ne vous reverrai pas vivant.
LE ROI. Venez, Ladislas, venez, Boleslas.

Ils sortent. La Reine et Bougrelas vont à la fenêtre.

LA REINE ET BOUGRELAS. Que Dieu et le grand saint Nicolas vous gardent.
LA REINE. Bougrelas, venez dans la chapelle avec moi prier pour votre père et vos frères.

Scène II

Le champ des revues.

L'ARMÉE[2] POLONAISE, LE ROI, BOLESLAS, LADISLAS, PÈRE UBU, CAPITAINE BORDURE ET SES HOMMES, GIRON, PILE, COTICE

LE ROI. Noble Père Ubu, venez près de moi avec votre suite pour inspecter les troupes.
PÈRE UBU, *aux siens*. Attention, vous autres. *(Au roi.)* On y va, monsieur, on y va.

Les hommes d'Ubu entourent le roi.

---

1. Le supplice évoqué est paradoxalement celui qui était réservé sous la monarchie française aux régicides. 2. Rappelons qu'un seul figurant pouvait, selon les indications de Jarry, représenter l'armée.

LE ROI. Ah ! voici le régiment des gardes à cheval de Dantzick[1]. Ils sont fort beaux, ma foi.

PÈRE UBU. Vous trouvez ? Ils me paraissent misérables. Regardez celui-ci. *(Au soldat.)* Depuis combien de temps ne t'es-tu débarbouillé, ignoble drôle ?

LE ROI. Mais ce soldat est fort propre. Qu'avez-vous donc, Père Ubu ?

PÈRE UBU. Voilà !

Il lui écrase le pied.

LE ROI. Misérable !

PÈRE UBU. MERDRE. À moi, mes hommes !

BORDURE. Hurrah ! en avant !

Tous frappent le roi, un Palotin explose[2].

LE ROI. Oh ! au secours ! Sainte Vierge, je suis mort.

BOLESLAS, *à Ladislas.* Qu'est cela ? Dégainons.

PÈRE UBU. Ah ! j'ai la couronne ! Aux autres, maintenant.

CAPITAINE BORDURE. Sus aux traîtres ! !

Les fils du roi s'enfuient, tous les poursuivent.

Scène III

LA REINE ET BOUGRELAS

LA REINE. Enfin, je commence à me rassurer.

BOUGRELAS. Vous n'avez aucun sujet de crainte.

---

1. Aujourd'hui : Gdansk. 2. Légère incohérence puisque les Palotins présentés dans la liste des personnages sont trois et se retrouvent plus loin. Jarry a explicitement rattaché l'explosion de ces êtres imaginaires aux anarchistes : Dans *Visions actuelles et futures*, à propos de ces « serviteurs caoutchoutés », il précise : « Bien avant Ravachol, il en existait d'explosifs de par leur seul vouloir. Ceci explique que l'État, pour les prisons ou le muséum, n'a jamais pu en avoir un vivant. »

Une effroyable clameur se fait entendre au-dehors.

BOUGRELAS. Ah ! que vois-je ? Mes deux frères poursuivis par le Père Ubu et ses hommes.

LA REINE. O mon Dieu ! Sainte Vierge, ils perdent, ils perdent du terrain !

BOUGRELAS. Toute l'armée suit le Père Ubu. Le Roi n'est plus là. Horreur ! Au secours !

LA REINE. Voilà Boleslas mort ! Il a reçu une balle.

BOUGRELAS. Eh ! *(Ladislas se retourne.)* Défends-toi ! Hurrah, Ladislas !

LA REINE. Oh ! il est entouré.

BOUGRELAS. C'en est fait de lui. Bordure vient de le couper en deux comme une saucisse.

LA REINE. Ah ! Hélas ! Ces furieux pénètrent dans le palais, ils montent l'escalier.

La clameur augmente.

LA REINE ET BOUGRELAS, *à genoux.* Mon Dieu, défendez-nous.

BOUGRELAS. Oh ! ce Père Ubu ! le coquin, le misérable, si je le tenais...

Scène IV

LES MÊMES. *La porte est défoncée.* LE PÈRE UBU *et les forcenés pénètrent.*

PÈRE UBU. Eh ! Bougrelas, que me veux-tu faire ?

BOUGRELAS. Vive Dieu ! je défendrai ma mère jusqu'à la mort ! Le premier qui fait un pas est mort.

PÈRE UBU. Oh ! Bordure, j'ai peur ! laissez-moi m'en aller.

UN SOLDAT *avance.* Rends-toi, Bougrelas !

LE JEUNE BOUGRELAS. Tiens, voyou ! voilà ton compte !

Il lui fend le crâne.

LA REINE. Tiens bon, Bougrelas, tiens bon !
PLUSIEURS *avancent.* Bougrelas, nous te promettons la vie sauve.
BOUGRELAS. Chenapans, sacs à vins, sagouins payés !

Il fait le moulinet avec son épée et en fait un massacre.

PÈRE UBU. Oh ! je vais bien en venir à bout tout de même !
BOUGRELAS. Mère, sauve-toi par l'escalier secret[1].
LA REINE. Et toi, mon fils, et toi ?
BOUGRELAS. Je te suis.
PÈRE UBU. Tâchez d'attraper la reine. Ah ! la voilà partie. Quant à toi, misérable !...

Il s'avance vers Bougrelas.

BOUGRELAS. Ah ! vive Dieu ! voilà ma vengeance !

Il lui découd la boudouille[2] d'un terrible coup d'épée.

Mère, je te suis !

Il disparaît par l'escalier secret.

Scène V

Une caverne dans les montagnes.

LE JEUNE BOUGRELAS *entre suivi de* ROSEMONDE

BOUGRELAS. Ici, nous serons en sûreté.
LA REINE. Oui, je le crois ! Bougrelas, soutiens-moi !

Elle tombe sur la neige.

BOUGRELAS. Ha ! qu'as-tu, ma mère ?

---

1. On voit que Jarry a systématiquement recours aux procédés mélodramatiques les plus faciles. 2. Terme créé sur « bedaine » et divers mots grotesques en « ouille » (dont un « berdouille » désignant le ventre dans certaines régions).

LA REINE. Je suis bien malade, crois-moi, Bougrelas. Je n'en ai plus que pour deux heures à vivre.

BOUGRELAS. Quoi ! le froid t'aurait-il saisie ?

LA REINE. Comment veux-tu que je résiste à tant de coups ? Le roi massacré, notre famille détruite, et toi, représentant de la plus noble race qui ait jamais porté l'épée, forcé de t'enfuir dans les montagnes comme un contrebandier.

BOUGRELAS. Et par qui, grand Dieu ! par qui ? Un vulgaire Père Ubu, aventurier sorti on ne sait d'où, vile crapule, vagabond honteux [1]. Et quand je pense que mon père l'a décoré et fait comte et que le lendemain ce vilain [2] n'a pas eu honte de porter la main sur lui.

LA REINE. O Bougrelas ! Quand je me rappelle combien nous étions heureux avant l'arrivée de ce Père Ubu ! Mais maintenant, hélas ! tout est changé !

BOUGRELAS. Que veux-tu ? Attendons avec espérance et ne renonçons jamais à nos droits.

LA REINE. Je te le souhaite, mon cher enfant, mais pour moi, je ne verrai pas cet heureux jour.

BOUGRELAS. Eh ! qu'as-tu ? Elle pâlit, elle tombe, au secours ! Mais je suis dans un désert ! O mon Dieu ! son cœur ne bat plus. Elle est morte ! Est-ce possible ? Encore une victime du Père Ubu ! *(Il se cache la figure dans les mains et pleure.)* O mon Dieu ! qu'il est triste de se voir seul à quatorze ans avec une vengeance terrible à poursuivre !

Il tombe en proie au plus violent désespoir [3].

---

1. Le terme avait aussi anciennement le sens de « qui fait honte » : on parlait couramment des « pauvres honteux ». 2. Terme médiéval désignant celui qui n'est pas noble. 3. Cette didascalie prend le contrepied du précepte classique qui veut que le personnage de théâtre exprime ses émotions par les paroles prononcées.

Pendant ce temps, les Âmes[1] *de Venceslas, de Boleslas, de Ladislas, de Rosemonde entrent dans la grotte, leurs Ancêtres les accompagnent et remplissent la grotte. Le plus vieux s'approche de Bougrelas et le réveille doucement.*

BOUGRELAS. Eh ! que vois-je ? toute ma famille, mes ancêtres... Par quel prodige ?

L'OMBRE. Apprends, Bougrelas, que j'ai été pendant ma vie le seigneur Mathias de Königsberg, le premier roi et le fondateur de la maison[2]. Je te remets le soin de notre vengeance. *(Il lui donne une grande épée.)* Et que cette épée que je te donne n'ait de repos que quand elle aura frappé de mort l'usurpateur.

Tous disparaissent, et Bougrelas reste seul dans l'attitude de l'extase.

Scène VI

Le palais du roi.

PÈRE UBU, MÈRE UBU,
CAPITAINE BORDURE

PÈRE UBU. Non, je ne veux pas, moi ! Voulez-vous me ruiner pour ces bouffres[3] ?

CAPITAINE BORDURE. Mais enfin, Père Ubu, ne voyez-vous pas que le peuple attend le don de joyeux avènement ?

---

1. Jarry pousse jusqu'à la caricature le schématisme des scènes à effet dramatique : songe prémonitoire, mort de la mère (de froid !), lamentation de l'orphelin, apparition des ancêtres, etc. **2.** La précision historique n'est pas garantie ! **3.** Création verbale à partir de la racine péjorative « bouff » (bouffi, bouffon), évoquant l'enflure et l'avidité et avec un /R/intérieur qui rappelle le « meRdre ».

MÈRE UBU. Si tu ne fais pas distribuer des viandes et de l'or, tu seras renversé d'ici deux heures.

PÈRE UBU. Des viandes, oui ! de l'or, non ! Abattez trois vieux chevaux, c'est bien bon pour de tels sagouins.

MÈRE UBU. Sagouin toi-même ! Qui m'a bâti un animal de cette sorte ?

PÈRE UBU. Encore une fois, je veux m'enrichir, je ne lâcherai pas un sou.

MÈRE UBU. Quand on a entre les mains tous les trésors de la Pologne.

CAPITAINE BORDURE. Oui, je sais qu'il y a dans la chapelle un immense trésor, nous le distribuerons.

PÈRE UBU. Misérable, si tu fais ça !

CAPITAINE BORDURE. Mais, Père Ubu, si tu ne fais pas de distributions le peuple ne voudra pas payer les impôts.

PÈRE UBU. Est-ce bien vrai ?

MÈRE UBU. Oui, oui !

PÈRE UBU. Oh, alors je consens à tout. Réunissez trois millions, cuisez cent cinquante bœufs et moutons, d'autant plus que j'en aurai aussi !

Ils sortent.

Scène VII

La cour du palais pleine de peuple.

PÈRE UBU *couronné*, MÈRE UBU, CAPITAINE BORDURE, LARBINS [1] *chargés de viande.*

PEUPLE. Voilà le roi ! Vive le roi ! hurrah !

PÈRE UBU, *jetant de l'or.* Tenez, voilà pour vous. Ça ne m'amusait guère de vous donner de l'argent, mais

1. Encore un terme argotique glissé dans une série supposée noble.

vous savez, c'est la Mère Ubu qui a voulu. Au moins, promettez-moi de bien payer les impôts.

TOUS. Oui, oui !

CAPITAINE BORDURE. Voyez, Mère Ubu, s'ils se disputent cet or. Quelle bataille.

MÈRE UBU. Il est vrai que c'est horrible. Pouah ! en voilà un qui a le crâne fendu.

PÈRE UBU. Quel beau spectacle ! Amenez d'autres caisses d'or.

CAPITAINE BORDURE. Si nous faisions une course.

PÈRE UBU. Oui, c'est une idée.

Au peuple.

Mes amis, vous voyez cette caisse d'or, elle contient trois cent mille nobles [1] à la rose en or, en monnaie polonaise et de bon aloi [2]. Que ceux qui veulent courir se mettent au bout de la cour. Vous partirez quand j'agiterai mon mouchoir et le premier arrivé aura la caisse. Quant à ceux qui ne gagneront pas, ils auront comme consolation cette autre caisse qu'on leur partagera.

TOUS. Oui ! Vive le Père Ubu ! Quel bon roi ! On n'en voyait pas tant du temps de Venceslas.

PÈRE UBU, *à la Mère Ubu, avec joie.* Écoute-les !

Tout le peuple va se ranger au bout de la cour.

PÈRE UBU. Une, deux, trois ! Y êtes-vous ?

TOUS. Oui ! Oui !

PÈRE UBU. Partez !

Ils partent en se culbutant. Cris et tumulte.

CAPITAINE BORDURE. Ils approchent ! ils approchent !

PÈRE UBU. Eh ! le premier perd du terrain.

MÈRE UBU. Non, il regagne maintenant.

---

1. Il y a eu une monnaie ainsi nommée, mais elle était anglaise. 2. Expression garantissant la qualité de l'alliage d'une monnaie.

CAPITAINE BORDURE. Oh ! Il perd, il perd ! fini ! c'est l'autre !

Celui qui était deuxième arrive le premier.

TOUS. Vive Michel Fédérovitch ! Vive Michel Fédérovitch[1] !

MICHEL FÉDÉROVITCH. Sire, je ne sais vraiment comment remercier Votre Majesté...

PÈRE UBU. Oh ! mon cher ami, ce n'est rien. Emporte ta caisse chez toi, Michel ; et vous, partagez-vous cette autre, prenez une pièce chacun jusqu'à ce qu'il n'y en ait plus.

TOUS. Vive Michel Fédérovitch ! Vive le Père Ubu !

PÈRE UBU. Et vous, mes amis, venez dîner ! Je vous ouvre aujourd'hui les portes du palais, veuillez faire honneur à ma table !

PEUPLE. Entrons ! Entrons ! Vive le Père Ubu ! c'est le plus noble des souverains !

Ils entrent dans le palais. On entend le bruit de l'orgie qui se prolonge jusqu'au lendemain[2]. La toile tombe.

FIN DU DEUXIÈME ACTE

---

1. Nom du fondateur de la dynastie russe. 2. Autre exemple du détournement de la fonction des didascalies : ce genre d'indication scénique ne peut pas fonctionner dans le temps du théâtre et l'expression est un pur cliché.

ACTE III

Scène Première

Le palais

PÈRE UBU, MÈRE UBU

PÈRE UBU. De par ma chandelle verte, me voici roi de ce pays. Je me suis déjà flanqué une indigestion et on va m'apporter ma grande capeline [1].

MÈRE UBU. En quoi est-elle, Père Ubu ? car nous avons beau être rois, il faut être économes.

PÈRE UBU. Madame ma femelle [2], elle est en peau de mouton avec une agrafe et des brides en peau de chien.

MÈRE UBU. Voilà qui est beau, mais il est encore plus beau d'être rois.

PÈRE UBU. Oui, tu as eu raison, Mère Ubu.

MÈRE UBU. Nous avons une grande reconnaissance au duc de Lithuanie.

PÈRE UBU. Qui donc ?

MÈRE UBU. Eh ! le capitaine Bordure.

PÈRE UBU. De grâce, Mère Ubu, ne me parle pas de ce bouffre [3]. Maintenant que je n'ai plus besoin de lui, il peut bien se brosser le ventre [4], il n'aura point son duché.

MÈRE UBU. Tu as grand tort, Père Ubu, il va se tourner contre toi.

---

1. Voir note 1, p. 27. 2. Emploi burlesque contrastant avec le très courtois « madame ». 3. Voir note 3, p. 43. 4. Expression familière, courante au XIXe siècle, devenue « se brosser ».

PÈRE UBU. Oh ! je le plains bien, ce petit homme, je m'en soucie autant que de Bougrelas.

MÈRE UBU. Eh ! crois-tu en avoir fini avec Bougrelas ?

PÈRE UBU. Sabre à finances[1], évidemment ! que veux-tu qu'il me fasse, ce petit sagouin de quatorze ans ?

MÈRE UBU. Père Ubu, fais attention à ce que je te dis. Crois-moi, tâche de t'attacher Bougrelas par tes bienfaits[2].

PÈRE UBU. Encore de l'argent à donner ? Ah ! non, du coup ! vous m'avez fait gâcher bien vingt-deux millions.

MÈRE UBU. Fais à ta tête, Père Ubu, il t'en cuira.

PÈRE UBU. Eh bien, tu seras avec moi dans la marmite[3].

MÈRE UBU. Écoute, encore une fois, je suis sûre que le jeune Bougrelas l'emportera, car il a pour lui le bon droit.

PÈRE UBU. Ah ! saleté ! le mauvais droit ne vaut-il pas le bon ? Ah ! tu m'injuries, Mère Ubu, je vais te mettre en morceaux.

La mère Ubu se sauve poursuivie par Ubu.

Scène II

La grande salle du palais.

PÈRE UBU, MÈRE UBU, OFFICIERS ET SOLDATS ; GIRON, PILE, COTICE, NOBLES ENCHAÎNÉS, FINANCIERS, MAGISTRATS, GREFFIERS

PÈRE UBU. Apportez la caisse à Nobles et le crochet à Nobles et le couteau à Nobles et le bouquin à Nobles ! ensuite faites avancer les Nobles.

---

1. Apparition d'un nouveau juron formé sur le classique : « sabre de bois ». 2. Autre renvoi au théâtre classique : dans *Cinna* de Corneille, l'empereur Auguste couvre de bienfaits la fille de celui qu'il a éliminé. 3. Le jeu de mots (sur les deux sens de cuire : dans « il t'en cuira » et la cuisson) souligne que le Père Ubu ne pense jamais qu'aux aliments !

On pousse brutalement les Nobles.

MÈRE UBU. De grâce, modère-toi, Père Ubu.

PÈRE UBU. J'ai l'honneur de vous annoncer que pour enrichir le royaume je vais faire périr tous les Nobles et prendre leurs biens[1].

NOBLES. Horreur ! à nous, peuple et soldats !

PÈRE UBU. Amenez le premier Noble et passez-moi le crochet à Nobles. Ceux qui seront condamnés à mort, je les passerai dans la trappe[2], ils tomberont dans les sous-sols du Pince-Porc et de la Chambre-à-Sous, où on les décervèlera. *(Au Noble.)* Qui es-tu, bouffre[3] ?

LE NOBLE. Comte de Vitepsk[4].

PÈRE UBU. De combien sont tes revenus ?

LE NOBLE. Trois millions de rixdales[5].

PÈRE UBU. Condamné !

Il le prend avec le crochet et le passe dans le trou.

MÈRE UBU. Quelle basse férocité !

PÈRE UBU. Second Noble, qui es-tu ? *(Le Noble ne répond rien.)* Répondras-tu, bouffre ?

LE NOBLE. Grand-duc de Posen.

PÈRE UBU. Excellent ! excellent ! Je n'en demande pas plus long. Dans la trappe. Troisième Noble, qui es-tu ? tu as une sale tête.

---

1. Cette conduite monstrueusement tyrannique remonte à l'empereur Caligula qui avait la décence de faire rédiger à ses victimes un testament en sa faveur. 2. Cette trappe, qui prend l'expression « passer à la trappe » au pied de la lettre, renvoie probablement selon d'autres textes de Jarry à la fosse de vidange (présente dans les immeubles de La Belle époque). Deux séries d'images grotesques s'entrecroisent alors : une sorte de fabrication de charcuterie (crochet, mise à mort en série, porc, machine, dépeçage, et même le mot décerveler qui évoque le cervelas) et la digestion, y compris sous la forme métaphorique de l'argent, substitut des excréments tombant dans les sous-sols. 3. Voir note 3, p. 43. 4. Tous les titres des nobles correspondent à des noms de villes ou de régions de Pologne. 5. Monnaie utilisée jadis dans toute l'Europe centrale.

LE NOBLE. Duc de Courlande, des villes de Riga, de Revel et de Mitau.

PÈRE UBU. Très bien ! très bien ! Tu n'as rien autre chose ?

LE NOBLE. Rien.

PÈRE UBU. Dans la trappe, alors. Quatrième Noble, qui es-tu ?

LE NOBLE. Prince de Podolie.

PÈRE UBU. Quels sont tes revenus ?

LE NOBLE. Je suis ruiné.

PÈRE UBU. Pour cette mauvaise parole, passe dans la trappe. Cinquième Noble, qui es-tu ?

LE NOBLE. Margrave [1] de Thorn, palatin de Polock.

PÈRE UBU. Ça n'est pas lourd. Tu n'as rien autre chose ?

LE NOBLE. Cela me suffisait.

PÈRE UBU. Eh bien ! mieux vaut peu que rien. Dans la trappe. Qu'as-tu à pigner [2], Mère Ubu ?

MÈRE UBU. Tu es trop féroce, Père Ubu.

PÈRE UBU. Eh ! je m'enrichis. Je vais me faire lire MA liste de MES biens. Greffier, lisez MA liste de MES biens.

LE GREFFIER. Comté de Sandomir.

PÈRE UBU. Commence par les principautés, stupide bougre !

LE GREFFIER. Principauté de Podolie, grand-duché de Posen, duché de Courlande, comté de Sandomir, comté de Vitepsk, palatinat de Polock, margraviat [3] de Thorn.

PÈRE UBU. Et puis après ?

LE GREFFIER. C'est tout.

PÈRE UBU. Comment, c'est tout ! Oh bien alors, en avant les Nobles, et comme je ne finirai pas de

---

1. C'est le titre le plus modeste. 2. Verbe signifiant pleurnicher dans les dialectes de l'Ouest de la France (même racine que piailler). 3. Dans l'administration polonaise, titre et territoire correspondant à une province.

m'enrichir, je vais faire exécuter tous les Nobles, et ainsi j'aurai tous les biens vacants. Allez, passez les Nobles dans la trappe.

On empile les Nobles dans la trappe.

Dépêchez-vous, plus vite, je veux faire des lois maintenant.

PLUSIEURS. On va voir ça.

PÈRE UBU. Je vais d'abord réformer la justice, après quoi nous procéderons aux finances.

PLUSIEURS MAGISTRATS. Nous nous opposons à tout changement[1].

PÈRE UBU. Merdre. D'abord, les magistrats ne seront plus payés.

MAGISTRATS. Et de quoi vivrons-nous ? Nous sommes pauvres.

PÈRE UBU. Vous aurez les amendes que vous prononcerez et les biens des condamnés à mort.

UN MAGISTRAT. Horreur.

DEUXIÈME. Infamie.

TROISIÈME. Scandale.

QUATRIÈME. Indignité.

TOUS. Nous nous refusons à juger dans des conditions pareilles.

PÈRE UBU. À la trappe les magistrats !

Ils se débattent en vain.

MÈRE UBU. Eh ! que fais-tu, Père Ubu ? Qui rendra maintenant la justice ?

PÈRE UBU. Tiens ! moi. Tu verras comme ça marchera bien.

MÈRE UBU. Oui, ce sera du propre.

---

1. De même que le peuple a été représenté comme avide et stupide, les magistrats sont systématiquement conservateurs.

Père Ubu. Allons, tais-toi, bouffresque[1]. Nous allons maintenant, messieurs, procéder aux finances.
Financiers. Il n'y a rien à changer.
Père Ubu. Comment, je veux tout changer, moi. D'abord je veux garder pour moi la moitié des impôts.
Financiers. Pas gêné.
Père Ubu. Messieurs, nous établirons un impôt de dix pour cent sur la propriété, un autre sur le commerce et l'industrie, et un troisième sur les mariages et un quatrième sur les décès, de quinze francs chacun.
Premier Financier. Mais c'est idiot, Père Ubu.
Deuxième Financier. C'est absurde.
Troisième Financier. Ça n'a ni queue ni tête.
Père Ubu. Vous vous fichez de moi ! Dans la trappe, les financiers !

On enfourne les financiers.

Mère Ubu. Mais enfin, Père Ubu, quel roi tu fais, tu massacres tout le monde.
Père Ubu. Eh merdre !
Mère Ubu. Plus de justice, plus de finances.
Père Ubu. Ne crains rien, ma douce enfant, j'irai moi-même de village en village recueillir les impôts.

Scène III

Une maison de paysans dans les environs de Varsovie. Plusieurs paysans sont assemblés.

Un Paysan, *entrant*. Apprenez la grande nouvelle. Le roi est mort, les ducs aussi et le jeune Bougrelas s'est sauvé avec sa mère dans les montagnes. De plus, le Père Ubu s'est emparé du trône.

---

1. Féminin cocasse de « bouffre » (voir note 3, p. 43), sur le modèle maure/mauresque.

UN AUTRE. J'en sais bien d'autres. Je viens de Cracovie, où j'ai vu emporter les corps de plus de trois cents nobles et de cinq cents magistrats qu'on a tués, et il paraît qu'on va doubler les impôts et que le Père Ubu viendra les ramasser lui-même.

TOUS. Grand Dieu ! qu'allons-nous devenir ? le Père Ubu est un affreux sagouin et sa famille est, dit-on, abominable.

UN PAYSAN. Mais, écoutez : ne dirait-on pas qu'on frappe à la porte ?

UNE VOIX, *au-dehors*. Cornegidouille[1] ! Ouvrez, de par ma merdre, par saint Jean, saint Pierre et saint Nicolas ! ouvrez, sabre à finances, corne finances, je viens chercher les impôts !

La porte est défoncée, Ubu pénètre suivi d'une légion de Grippe-Sous[2].

Scène IV

PÈRE UBU. Qui de vous est le plus vieux ? *(Un paysan s'avance.)* Comment te nommes-tu ?

LE PAYSAN. Stanislas Leczinski[3].

PÈRE UBU. Eh bien, cornegidouille, écoute-moi bien, sinon ces messieurs te couperont les oneilles[4]. Mais, vas-tu m'écouter enfin ?

---

1. Nouveau juron créé de toutes pièces. Le radical « cor » (base des jurons classiques sur le corps de Dieu), devient une « corne » très agressive. On verra la « gidouille » plus loin dans le texte. 2. Le terme désigne, au XVIIe siècle, les usuriers puis les avares en général. 3. Ce modeste paysan porte le nom d'un roi de Pologne bien connu des Français puisque sa fille fut l'épouse de Louis XV et lui-même, destitué, fut gouverneur de Lorraine jusqu'à sa mort. 4. Dans l'*Almanach illustré du Père Ubu* (1901), Ubu donne l'explication, aussi évidente que saugrenue, des déformations de mots de ce type : *« je les perfectionne et embellis à mon image et à ma ressemblance. J'écris phynance et oneille parce que je prononce phynance et*

STANISLAS. Mais Votre Excellence n'a encore rien dit.

PÈRE UBU. Comment, je parle depuis une heure. Crois-tu que je vienne ici pour prêcher dans le désert ?

STANISLAS. Loin de moi cette pensée.

PÈRE UBU. Je viens donc te dire, t'ordonner et te signifier que tu aies à produire et exhiber promptement ta finance, sinon tu seras massacré. Allons, messeigneurs les salopins de finance, voiturez ici le voiturin [1] à phynances [2].

On apporte le voiturin.

STANISLAS. Sire, nous ne sommes inscrits sur le registre que pour cent cinquante-deux rixdales que nous avons déjà payées, il y aura tantôt six semaines à la Saint Mathieu.

PÈRE UBU. C'est fort possible, mais j'ai changé le gouvernement et j'ai fait mettre dans le journal qu'on paierait deux fois tous les impôts et trois fois ceux qui pourront être désignés ultérieurement. Avec ce système, j'aurai vite fait fortune, alors je tuerai tout le monde et je m'en irai.

---

oneille, et surtout pour bien marquer qu'il s'agit de phynance et d'oneilles, spéciales, personnelles, en quantité et qualité telles que personne n'en a, sinon moi. » (on verra phynance quelques lignes plus loin).

1. Les termes « voiturer » et « voiturin » ont existé. Ce « voiturin » était dessiné sur l'affiche annonçant la représentation : un coffre très sommaire monté sur roulettes. La succession de mots de même racine, donnant au langage une allure tautologique, rappelle Rabelais qui use de ce procédé durant des phrases entières. 2. La graphie propre à la langue d'Ubu (mais les différences orthographiques ne peuvent s'entendre au théâtre !) rapproche les termes « physique » et « phynances ». Dans : *« Autre présentation d'Ubu roi »*, Jarry précise : « Ubu parle de trois choses, toujours parallèles dans son esprit : la *physique*, qui est la nature comparée à l'art, le moins de compréhension opposé au plus de cérébralité, la réalité du consentement universel à l'hallucination de l'intelligent, Don Juan à Platon, la vie à la pensée, le scepticisme à la croyance, la médecine à l'alchimie, l'armée au duel ; — et parallèlement, la *phynance*, qui sont les honneurs en face de la satisfaction de soi pour soi seul ; tels producteurs de littérature selon le préjugé du nombre universel, vis-à-vis de la compréhension des intelligents ; — et parallèlement, la *Merdre.* »

PAYSANS. Monsieur Ubu, de grâce, ayez pitié de nous. Nous sommes de pauvres citoyens.

PÈRE UBU. Je m'en fiche. Payez.

PAYSANS. Nous ne pouvons, nous avons payé.

PÈRE UBU. Payez ! ou ji [1] vous mets dans ma poche avec supplice et décollation du cou et de la tête ! Cornegidouille, je suis le roi peut-être !

TOUS. Ah, c'est ainsi ! Aux armes ! Vive Bougrelas, par la grâce de Dieu, roi de Pologne et de Lithuanie [2] !

PÈRE UBU. En avant, messieurs des Finances, faites votre devoir.

Une lutte s'engage, la maison est détruite et le vieux Stanislas s'enfuit seul à travers la plaine. Ubu reste à ramasser la finance.

Monsieur Ubu Maître des Phynances.

---

1. Issue de la langue orale familière, la déformation suggère un rictus cruel. 2. Voir acte I, scène 4.

Scène V

Une casemate des fortifications de Thorn[1].

BORDURE *enchaîné*, PÈRE UBU

PÈRE UBU. Ah ! citoyen, voilà ce que c'est, tu as voulu que je te paye ce que je te devais, alors tu t'es révolté parce que je n'ai pas voulu, tu as conspiré et te voilà coffré. Cornefinance, c'est bien fait et le tour est si bien joué que tu dois toi-même le trouver fort à ton goût.

BORDURE. Prenez garde, Père Ubu. Depuis cinq jours que vous êtes roi, vous avez commis plus de meurtres qu'il n'en faudrait pour damner tous les saints du Paradis. Le sang du roi et des nobles crie vengeance et ses cris seront entendus.

PÈRE UBU. Eh ! mon bel ami, vous avez la langue fort bien pendue. Je ne doute pas que si vous vous échappiez il en pourrait résulter des complications, mais je ne crois pas que les casemates de Thorn aient jamais lâché quelqu'un des honnêtes garçons qu'on leur avait confiés. C'est pourquoi, bonne nuit, et je vous invite à dormir sur les deux oneilles[2], bien que les rats dansent ici une assez belle sarabande.

Il sort. Les Larbins viennent verrouiller toutes les portes.

Scène VI

Le palais de Moscou.

L'EMPEREUR ALEXIS ET SA COUR, BORDURE

LE CZAR ALEXIS. C'est vous, infâme aventurier, qui avez coopéré à la mort de notre cousin Venceslas ?

1. D'après le témoignage de Gémier, créateur du rôle, la porte était figurée par un comédien qui tendait le bras devant le père Ubu, ce qui déclencha la fureur du public lors de la générale. 2. Voir note 1, p. 54.

BORDURE. Sire, pardonnez-moi, j'ai été entraîné malgré moi par le Père Ubu.

ALEXIS. Oh ! l'affreux menteur. Enfin, que désirez-vous ?

BORDURE. Le Père Ubu m'a fait emprisonner sous prétexte de conspiration, je suis parvenu à m'échapper et j'ai couru cinq jours et cinq nuits à cheval[1] à travers les steppes pour venir implorer Votre gracieuse miséricorde.

ALEXIS. Que m'apportes-tu comme gage de ta soumission ?

BORDURE. Mon épée d'aventurier et un plan détaillé de la ville de Thorn.

ALEXIS. Je prends l'épée, mais par Saint Georges, brûlez ce plan, je ne veux pas devoir ma victoire à une trahison.

BORDURE. Un des fils de Venceslas, le jeune Bougrelas, est encore vivant, je ferai tout pour le rétablir.

ALEXIS. Quel grade avais-tu dans l'armée polonaise ?

BORDURE. Je commandais le 5e régiment des dragons de Wilna et une compagnie franche au service du Père Ubu.

ALEXIS. C'est bien, je te nomme sous-lieutenant au 10e régiment de Cosaques, et gare à toi si tu trahis. Si tu te bats bien, tu seras récompensé.

BORDURE. Ce n'est pas le courage qui me manque, Sire.

ALEXIS. C'est bien, disparais de ma présence.

Il sort.

---

1. Exemple de la façon dont Jarry se moque de la vraisemblance temporelle dans la succession des scènes.

Scène VII

La salle du Conseil d'Ubu.

PÈRE UBU, MÈRE UBU,
CONSEILLERS DE PHYNANCES [1]

PÈRE UBU. Messieurs, la séance est ouverte et tâchez de bien écouter et de vous tenir tranquilles. D'abord, nous allons faire le chapitre des finances, ensuite nous parlerons d'un petit système que j'ai imaginé pour faire venir le beau temps et conjurer la pluie.

UN CONSEILLER. Fort bien, monsieur Ubu.

MÈRE UBU. Quel sot homme.

PÈRE UBU. Madame de ma merdre, garde à vous, car je ne souffrirai pas vos sottises. Je vous disais donc, messieurs, que les finances vont passablement. Un nombre considérable de chiens à bas de laine [2] se répand chaque matin dans les rues et les salopins font merveille. De tous côtés on ne voit que des maisons brûlées et des gens pliant sous le poids de nos phynances.

LE CONSEILLER. Et les nouveaux impôts, monsieur Ubu, vont-ils bien ?

MÈRE UBU. Point du tout. L'impôt sur les mariages n'a encore produit que 11 sous, et encore le Père Ubu poursuit les gens partout pour les forcer à se marier.

PÈRE UBU. Sabre à finances, corne de ma gidouille, madame la financière, j'ai des oneilles [3] pour parler et vous une bouche pour m'entendre. *(Éclats de rire.)* Ou plutôt non ! Vous me faites tromper et vous êtes cause que je suis bête ! Mais, corne d'Ubu ! *(Un messager entre.)* Allons, bon, qu'a-t-il

---

1. Voir note 2, p. 54. **2.** Si le bas de laine est l'image courante des économies populaires, les chiens à bas de laine, selon l'aîné des frères Morin, auraient figuré dès la version lycéenne de la pièce : les rentiers, et leurs économies ont été caricaturés tout au long du XIXe siècle. (Voir *La Chanson du décervelage*, p. 94). **3.** Voir note 4, p. 53.

encore celui-là ? Va-t'en, sagouin, ou je te poche[1] avec décollation et torsion des jambes.

MÈRE UBU. Ah ! le voilà dehors, mais il y a une lettre.

PÈRE UBU. Lis-la. Je crois que je perds l'esprit ou que je ne sais pas lire. Dépêche-toi, bouffresque[2], ce doit être de Bordure.

MÈRE UBU. Tout justement. Il dit que le czar l'a accueilli très bien, qu'il va envahir tes États pour rétablir Bougrelas et que toi tu seras tué.

PÈRE UBU. Ho ! ho ! J'ai peur ! J'ai peur ! Ha ! je pense mourir. O pauvre homme que je suis. Que devenir, grand Dieu ? Ce méchant homme va me tuer. Saint Antoine et tous les saints, protégez-moi, je vous donnerai de la phynance et je brûlerai des cierges pour vous. Seigneur, que devenir ?

Il pleure et sanglote.

MÈRE UBU. Il n'y a qu'un parti à prendre, Père Ubu.

PÈRE UBU. Lequel, mon amour ?

MÈRE UBU. La guerre ! !

TOUS. Vive Dieu ! Voilà qui est noble !

PÈRE UBU. Oui, et je recevrai encore des coups.

PREMIER CONSEILLER. Courons, courons organiser l'armée.

DEUXIÈME. Et réunir les vivres.

TROISIÈME. Et préparer l'artillerie et les forteresses.

QUATRIÈME. Et prendre l'argent pour les troupes.

PÈRE UBU. Ah ! non, par exemple ! Je vais te tuer, toi. Je ne veux pas donner d'argent. En voilà d'une autre ! J'étais payé pour faire la guerre et maintenant il faut la faire à mes dépens. Non, de par ma chandelle verte, faisons la guerre, puisque vous en êtes enragés, mais ne déboursons pas un sou.

TOUS. Vive la guerre[3] !

---

1. Voir en I, 7. 2. Voir la note 3, p. 43. 3. De même, dans le *Pantagruel* de Rabelais, les conseillers poussent Picrochole à la guerre.

Scène VIII

Le camp sous Varsovie.

SOLDATS ET PALOTINS. Vive la Pologne ! Vive le Père Ubu !

PÈRE UBU. Ah ! Mère Ubu, donne-moi ma cuirasse et mon petit bout de bois[1]. Je vais être bientôt tellement chargé que je ne saurais marcher si j'étais poursuivi.

MÈRE UBU. Fi, le lâche.

PÈRE UBU. Ah ! voilà le sabre à merdre qui se sauve et le croc à finances qui ne tient pas ! ! ! Je n'en finirai jamais, et les Russes avancent et vont me tuer.

Monsieur Ubu à cheval

UN SOLDAT. Seigneur Ubu, voilà le ciseau à oneilles qui tombe.

---

1. Parodie de *Macbeth* (V, 3) : « Revêtez-moi de mon armure. Donnez-moi mon bâton de commandement. »

PÈRE UBU. Ji tou[1] tue au moyen du croc à merdre et du couteau à figure.

MÈRE UBU. Comme il est beau avec son casque et sa cuirasse, on dirait une citrouille armée.

PÈRE UBU. Ah ! maintenant, je vais monter à cheval. Amenez, messieurs, le cheval à phynances.

MÈRE UBU. Père Ubu, ton cheval ne saurait plus te porter, il n'a rien mangé depuis cinq jours et est presque mort.

PÈRE UBU. Elle est bonne celle-là ! On me fait payer 12 sous par jour pour cette rosse et elle ne me peut porter. Vous vous fichez, corne d'Ubu, ou bien si[2] vous me volez ? *(La Mère Ubu rougit et baisse les yeux.)* Alors, que l'on m'apporte une autre bête, mais je n'irai pas à pied, cornegidouille !

On amène un énorme cheval.

PÈRE UBU. Je vais monter dessus. Oh ! assis plutôt ! car je vais tomber. *(Le cheval part.)* Ah ! arrêtez ma bête, Grand Dieu, je vais tomber et être mort ! ! !

MÈRE UBU. Il est vraiment imbécile. Ah ! le voilà relevé. Mais il est tombé par terre.

PÈRE UBU. Corne physique[3], je suis à moitié mort ! Mais c'est égal, je pars en guerre et je tuerai tout le monde. Gare à qui ne marchera pas droit. Ji lon[4] mets dans ma poche avec torsion du nez et des dents et extraction de la langue.

MÈRE UBU. Bonne chance, monsieur Ubu.

PÈRE UBU. J'oubliais de te dire que je te confie la régence. Mais j'ai sur moi le livre des finances, tant

---

1. Voir note 1, p. 55. On peut dire aussi qu'il s'agit d'une parodie de l'accent volontiers prêté à l'époque, aux sauvages terrifiants, par exemple dans les illustrés. **2.** Tournure ancienne : « ou bien si » pour « ou bien serait-ce que... ? ». Une fois de plus, l'archaïsme prétentieux contraste avec le vulgaire « fichez ». **3.** Pour cette nouvelle variante de juron, voir note 2, p. 54. **4.** Toutes les déformations burlesques d'un pronom personnel se produisent toujours dans un contexte de violence (voir note 1, p. 55).

pis pour toi si tu me voles. Je te laisse pour t'aider le Palotin Giron. Adieu, Mère Ubu.

MÈRE UBU. Adieu, Père Ubu. Tue bien[1] le czar.

PÈRE UBU. Pour sûr. Torsion du nez et des dents, extraction de la langue et enfoncement du petit bout de bois dans les oneilles.

L'armée s'éloigne au bruit des fanfares.

MÈRE UBU, *seule.* Maintenant que ce gros pantin est parti, tâchons de faire nos affaires, tuer Bougrelas et nous emparer du trésor.

FIN DU TROISIÈME ACTE

1. Même jeu de mots qu'en I, 6.

ACTE IV

Scène Première

La crypte des anciens rois de Pologne dans la cathédrale de Varsovie.

MÈRE UBU. Où donc est ce trésor ? Aucune dalle ne sonne creux. J'ai pourtant bien compté treize pierres après le tombeau de Ladislas le Grand en allant le long du mur, et il n'y a rien. Il faut qu'on m'ait trompée. Voilà cependant : ici la pierre sonne creux. À l'œuvre, Mère Ubu. Courage, descellons cette pierre. Elle tient bon. Prenons ce bout de croc à finances qui fera encore son office. Voilà ! Voilà l'or au milieu des ossements des rois. Dans notre sac, alors, tout ! Eh ! quel est ce bruit ? Dans ces vieilles voûtes y aurait-il encore des vivants ? Non, ce n'est rien, hâtons-nous. Prenons tout. Cet argent sera mieux à la face du jour qu'au milieu des tombeaux des anciens princes. Remettons la pierre. Eh quoi ! toujours ce bruit. Ma présence en ces lieux me cause une étrange frayeur. Je prendrai le reste de cet or une autre fois, je reviendrai demain [1].

---

1. On trouve dans ce monologue quelques rythmes d'alexandrins (« Voilà l'or au milieu des ossements des rois », dont l'antithèse a quelque chose d'hugolien) ou des demi-vers qui pourraient figurer dans une tirade classique, surtout avec une tournure un peu vieillie (comme « il faut qu'on m'ait trompée » pour « cela ne s'explique que si l'on m'a trompée »).

UNE VOIX, *sortant du tombeau de Jean Sigismond*[1]. Jamais, Mère Ubu !

La Mère Ubu se sauve affolée, emportant l'or volé par la porte secrète.

Scène II

La place de Varsovie.

BOUGRELAS ET SES PARTISANS, PEUPLE ET SOLDATS

BOUGRELAS. En avant, mes amis ! Vive Venceslas et la Pologne ! le vieux gredin de Père Ubu est parti, il ne reste plus que la sorcière de Mère Ubu avec son Palotin. Je m'offre à marcher à votre tête et à rétablir la race de mes pères.

TOUS. Vive Bougrelas !

BOUGRELAS. Et nous supprimerons tous les impôts établis par l'affreux Père Ubu.

TOUS. Hurrah ! en avant ! Courons au palais et massacrons cette engeance.

BOUGRELAS. Eh ! voilà la Mère Ubu qui sort avec ses gardes sur le perron !

MÈRE UBU. Que voulez-vous, messieurs ? Ah ! c'est Bougrelas.

La foule lance des pierres.

PREMIER GARDE. Tous les carreaux sont cassés.

DEUXIÈME GARDE. Saint Georges, me voilà assommé.

TROISIÈME GARDE. Cornebleu[2], je meurs.

BOUGRELAS. Lancez des pierres, mes amis.

LE PALOTIN GIRON. Hon[3] ! C'est ainsi !

---

1. Nom de plusieurs rois de Pologne. 2. Voir note 1, p. 53. 3. Exclamation présentée dans d'autres textes de Jarry *(Visions actuelles et futures)* comme le cri de guerre des palotins dont on verra à la scène suivante qu'ils truffent leurs exclamations d'un /Y/mouillé.

Il dégaine et se précipite, faisant un carnage épouvantable.

BOUGRELAS. À nous deux ! Défends-toi, lâche pistolet.

Ils se battent.

GIRON. Je suis mort !
BOUGRELAS. Victoire, mes amis ! Sus à la Mère Ubu !

On entend des trompettes.

BOUGRELAS. Ah ! voilà les Nobles qui arrivent. Courons, attrapons la mauvaise harpie[1] !
TOUS. En attendant que nous étranglions le vieux bandit !

La Mère Ubu se sauve poursuivie par tous les Polonais. Coups de fusil et grêle de pierres.

Scène III

L'armée polonaise en marche dans l'Ukraine[2].

PÈRE UBU. Cornebleu, jambedieu[3], tête de vache ! nous allons périr, car nous mourons de soif et sommes fatigué. Sire Soldat, ayez l'obligeance de porter notre casque à finances, et vous, sire Lancier, chargez-vous du ciseau[4] à merdre et du bâton

---

1. Monstre de la mythologie grecque, à tête de femme et corps de vautour. Nom utilisé dans le langage courant pour désigner une mégère avide.
2. Pays annexé au XVIe siècle à la Pologne, utilisé avec autant de désinvolture que la Lithuanie dans les actes précédents.
3. Référence possible à une « jambe de Dieu » utilisée par Rabelais *(Quart Livre)*, pour qui il ne s'agit pas d'un juron mais de la jambe malade exhibée par un mendiant.
4. On peut voir de scène en scène (IV, 2) les variations de noms des différents instruments qui transforment un équipement guerrier en attirail hétéroclite, mais aussi la série *finance, merdre, physique,* évoquée en note 2, p. 54.

RÉPERTOIRE des PANTINS

MARCHE DES POLONAIS

(extraite d'UBU ROI, d'Alfred Jarry)

pour piano par

CLAUDE TERRASSE

Édition du Mercure de France
15 rue de l'Échaudé St Germain

UBU

Paris 1898

à physique pour soulager notre personne, car, je le répète, nous sommes fatigué.

Les soldats obéissent.

PILE. Hon ! Monsieuye[1] ! Il est étonnant que les Russes n'apparaissent point.

PÈRE UBU. Il est regrettable que l'état de nos finances ne nous permette pas d'avoir une voiture à notre taille ; car, par crainte de démolir notre monture, nous avons fait tout le chemin à pied, traînant notre cheval par la bride. Mais quand nous serons de retour en Pologne, nous imaginerons, au moyen de notre science en physique et aidé des lumières de nos conseillers, une voiture à vent pour transporter toute l'armée.

COTICE. Voilà Nicolas Rensky qui se précipite.

PÈRE UBU. Et qu'a-t-il, ce garçon ?

RENSKY. Tout est perdu. Sire, les Polonais sont révoltés, Giron est tué et la Mère Ubu est en fuite dans les montagnes.

PÈRE UBU. Oiseau de nuit, bête de malheur, hibou à guêtres ! Où as-tu pêché ces sornettes ? En voilà d'une autre ! Et qui a fait ça ? Bougrelas, je parie. D'où viens-tu ?

RENSKY. De Varsovie, noble Seigneur.

PÈRE UBU. Garçon de ma merdre, si je t'en croyais je ferais rebrousser chemin à toute l'armée. Mais, seigneur garçon, il y a sur tes épaules plus de plumes que de cervelle et tu as rêvé des sottises. Va aux avant-postes, mon garçon, les Russes ne sont pas loin et nous aurons bientôt à estocader de nos armes, tant à merdre qu'à phynances et à physique[2].

LE GÉNÉRAL LASCY. Père Ubu, ne voyez-vous pas dans la plaine les Russes ?

PÈRE UBU. C'est vrai, les Russes ! Me voilà joli. Si

---

1. Voir scène précédente. 2. Voir note 2, p. 54.

encore il y avait moyen de s'en aller, mais pas du tout, nous sommes sur une hauteur et nous serons en butte à tous les coups.

L'ARMÉE. Les Russes ! L'ennemi !

PÈRE UBU. Allons, messieurs, prenons nos dispositions pour la bataille. Nous allons rester sur la colline et ne commettrons point la sottise de descendre en bas. Je me tiendrai au milieu comme une citadelle vivante et vous autres graviterez autour de moi. J'ai à vous recommander de mettre dans les fusils autant de balles qu'ils en pourront tenir, car 8 balles peuvent tuer 8 Russes et c'est autant que je n'aurai pas sur le dos. Nous mettrons les fantassins à pied au bas de la colline pour recevoir les Russes et les tuer un peu, les cavaliers derrière pour se jeter dans la confusion, et l'artillerie autour du moulin à vent[1] ici présent pour tirer dans le tas. Quant à nous, nous nous tiendrons dans le moulin à vent et tirerons avec le pistolet à phynances par la fenêtre, en travers de la porte nous placerons le bâton à physique, et si quelqu'un essaye d'entrer gare au croc à merdre ! ! !

OFFICIERS. Vos ordres, Sire Ubu, seront exécutés.

PÈRE UBU. Eh ! cela va bien, nous serons vainqueurs. Quelle heure est-il ?

LE GÉNÉRAL LASCY. Onze heures du matin.

PÈRE UBU. Alors, nous allons dîner, car les Russes n'attaqueront pas avant midi. Dites aux soldats, Seigneur Général, de faire leurs besoins et d'entonner la Chanson à Finances.

Lascy s'en va.

SOLDATS ET PALOTINS. Vive le Père Ubu, notre grand

---

1. Référence burlesque à la bataille de Valmy. Le discours du chef de guerre est rendu encore plus grotesque par l'emploi du terme « confusion » à la place de « mêlée ».

Financier ! Ting, ting, ting ; ting, ting, ting ; ting, ting, tating !

PÈRE UBU. O les braves gens, je les adore. *(Un boulet russe arrive et casse l'aile du moulin.)* Ah ! j'ai peur, Sire Dieu, je suis mort ! et cependant non, je n'ai rien.

Scène IV

LES MÊMES, UN CAPITAINE PUIS L'ARMÉE RUSSE

UN CAPITAINE, *arrivant.* Sire Ubu, les Russes attaquent.

PÈRE UBU. Eh bien, après, que veux-tu que j'y fasse ? ce n'est pas moi qui le leur ai dit. Cependant, Messieurs des Finances, préparons-nous au combat.

LE GÉNÉRAL LASCY. Un second boulet !

PÈRE UBU. Ah ! je n'y tiens plus. Ici il pleut du plomb et du fer, et nous pourrions endommager notre précieuse personne. Descendons.

Tous descendent au pas de course. La bataille vient de s'engager. Ils disparaissent dans des torrents de fumée au pied de la colline.

UN RUSSE, *frappant.* Pour Dieu et le Czar !

RENSKY. Ah ! je suis mort.

PÈRE UBU. En avant ! Ah, toi, Monsieur, que je t'attrape, car tu m'as fait mal, entends-tu ? sac à vin ! avec ton flingot qui ne part pas.

LE RUSSE. Ah ! voyez-vous ça.

Il lui tire un coup de revolver.

PÈRE UBU. Ah ! Oh ! Je suis blessé, je suis troué, je suis perforé, je suis administré[1], je suis enterré. Oh,

---

1. Référence probable, confirmée plus loin par la prière à Dieu, à « l'administration » des derniers sacrements, autrement dit de l'Extrême onction donnée aux mourants dans la religion chrétienne.

mais tout de même ! Ah ! je le tiens. *(Il le déchire.)* Tiens ! recommenceras-tu, maintenant !

LE GÉNÉRAL LASCY. En avant, poussons vigoureusement, passons le fossé. La victoire est à nous.

PÈRE UBU. Tu crois ? Jusqu'ici je sens sur mon front plus de bosses que de lauriers.

CAVALIERS RUSSES. Hurrah ! Place au Czar !

Le Czar arrive, accompagné de Bordure, déguisé.

UN POLONAIS. Ah ! Seigneur ! Sauve qui peut, voilà le Czar !

UN AUTRE. Ah ! mon Dieu ! il passe le fossé.

UN AUTRE. Pif ! Paf ! en voilà quatre d'assommés par ce grand bougre de lieutenant.

BORDURE. Ah ! vous n'avez pas fini, vous autres ! Tiens, Jean Sobiesky, voilà ton compte ! *(Il l'assomme.)* À d'autres, maintenant !

Il fait un massacre de Polonais.

PÈRE UBU. En avant, mes amis. Attrapez ce bélître [1] ! En compote les Moscovites ! La victoire est à nous. Vive l'Aigle rouge !

TOUS. En avant ! Hurrah ! Jambedieu [2] ! Attrapez le grand bougre.

BORDURE. Par saint Georges, je suis tombé.

PÈRE UBU, *le reconnaissant.* Ah ! c'est toi, Bordure ! Ah ! mon ami. Nous sommes bien heureux ainsi que toute la compagnie de te retrouver. Je vais te faire cuire à petit feu. Messieurs des Finances, allumez du feu. Oh ! Ah ! Oh ! Je suis mort. C'est au moins un coup de canon que j'ai reçu. Ah ! mon Dieu, pardonnez-moi mes péchés. Oui, c'est bien un coup de canon.

BORDURE. C'est un coup de pistolet chargé à poudre.

---

1. Insulte caractéristique de la langue du XVIe siècle, en particulier au théâtre. 2. Voir note 3, p. 65.

PÈRE UBU. Ah ! tu te moques de moi ! Encore ! À la pôche[1] !

Il se rue sur lui et le déchire[2].

LE GÉNÉRAL LASCY. Père Ubu, nous avançons partout.

PÈRE UBU. Je le vois bien, je n'en peux plus, je suis criblé de coups de pied, je voudrais m'asseoir par terre. Oh ! ma bouteille.

LE GÉNÉRAL LASCY. Allez prendre celle du Czar, Père Ubu.

PÈRE UBU. Eh ! J'y vais de ce pas. Allons ! Sabre à merdre, fais ton office, et toi, croc à finances, ne reste pas en arrière. Que le bâton à physique travaille d'une généreuse émulation et partage avec le petit bout de bois l'honneur de massacrer, creuser et exploiter[3] l'Empereur moscovite. En avant, Monsieur notre cheval à finances !

Il se rue sur le Czar.

UN OFFICIER RUSSE. En garde, Majesté !

PÈRE UBU. Tiens, toi ! Oh ! aïe ! Ah ! mais tout de même. Ah ! monsieur, pardon, laissez-moi tranquille. Oh ! mais, je n'ai pas fait exprès !

Il se sauve, le Czar le poursuit.

PÈRE UBU. Sainte Vierge, cet enragé me poursuit ! Qu'ai-je fait, grand Dieu ! Ah ! bon, il y a encore le fossé à repasser. Ah ! je le sens derrière moi et le fossé devant ! Courage, fermons les yeux !

Il saute le fossé. Le Czar y tombe.

LE CZAR. Bon, je suis dedans !

POLONAIS. Hurrah ! le Czar est à bas !

PÈRE UBU. Ah ! j'ose à peine me retourner ! Il est

---

1. Voir note 1, p. 36. 2. Le terme pouvait s'employer ainsi en ancien français. 3. Autre terme qui dérape à partir de l'image de la mine (« creuser »).

dedans. Ah ! c'est bien fait et on tape dessus. Allons, Polonais, allez-y à tour de bras, il a bon dos, le misérable ! Moi, je n'ose pas le regarder ! Et cependant notre prédiction s'est complètement réalisée, le bâton à physique a fait merveilles et nul doute que je ne l'eusse complètement tué si une inexplicable terreur n'était venue combattre et annuler en nous les effets de notre courage. Mais nous avons dû soudainement tourner casaque, et nous n'avons dû notre salut qu'à notre habileté comme cavalier ainsi qu'à la solidité des jarrets de notre cheval à finances, dont la rapidité n'a d'égale que la solidité et dont la légèreté fait la célébrité, ainsi qu'à la profondeur du fossé qui s'est trouvé fort à propos sous les pas de l'ennemi de nous l'ici présent Maître des Phynances. Tout ceci est fort beau, mais personne ne m'écoute. Allons ! bon, ça recommence !

Les dragons russes font une charge et délivrent le Czar.

LE GÉNÉRAL LASCY. Cette fois, c'est la débandade.

PÈRE UBU. Ah ! voici l'occasion de se tirer des pieds. Or donc, Messieurs les Polonais, en avant ! ou plutôt en arrière !

POLONAIS. Sauve qui peut !

PÈRE UBU. Allons ! en route. Quel tas de gens, quelle fuite, quelle multitude, comment me tirer de ce gâchis ? *(Il est bousculé.)* Ah ! mais toi ! fais attention, ou tu vas expérimenter la bouillante valeur du Maître des Phynances. Ah ! il est parti, sauvons-nous et vivement pendant que Lascy ne nous voit pas.

Il sort, ensuite on voit passer le Czar et l'armée russe poursuivant les Polonais.

Scène V

Une caverne en Lithuanie.
Il neige.

PÈRE UBU, PILE, COTICE.

PÈRE UBU. Ah ! le chien de temps, il gèle à pierre à fendre et la personne du Maître des Finances s'en trouve fort endommagée.

PILE. Hon ! Monsieuye[1] Ubu, êtes-vous remis de votre terreur et de votre fuite ?

PÈRE UBU. Oui ! Je n'ai plus peur, mais j'ai encore la fuite.

COTICE, *à part*. Quel pourceau !

PÈRE UBU. Eh ! sire Cotice, votre oneille, comment va-t-elle ?

COTICE. Aussi bien, Monsieuye, qu'elle peut aller tout en allant très mal. Par conséiquent de quoye, le plomb la penche vers la terre et je n'ai pu extraire la balle.

PÈRE UBU. Tiens, c'est bien fait ! Toi, aussi, tu voulais toujours taper les autres. Moi j'ai déployé la plus grande valeur, et sans m'exposer j'ai massacré quatre ennemis de ma propre main, sans compter tous ceux qui étaient déjà morts et que nous avons achevés[2].

COTICE. Savez-vous, Pile, ce qu'est devenu le petit Rensky ?

PILE. Il a reçu une balle dans la tête.

PÈRE UBU. Ainsi que le coquelicot et le pissenlit à la fleur de leur âge sont fauchés par l'impitoyable faux de l'impitoyable faucheur qui fauche impitoyablement leur pitoyable binette[3], — ainsi le petit Ren-

---

1. Voir note 3, p. 64. 2. Voir note à la scène suivante. 3. On notera que depuis qu'il se prend pour un chef de guerre, le Père Ubu a l'emphase facile, ici pour une parodie burlesque d'oraison funèbre. Voir note p. 68.

sky a fait le coquelicot, il s'est fort bien battu cependant, mais aussi il y avait trop de Russes.

PILE ET COTICE. Hon ! Monsieuye !

UN ÉCHO. Hhrron !

PILE. Qu'est-ce ? Armons-nous de nos lumelles [1].

PÈRE UBU. Ah ! non ! par exemple, encore des Russes, je parie ! J'en ai assez ! et puis c'est bien simple, s'ils m'attrapent ji lon fous à la poche.

Scène VI

LES MÊMES. Entre un ours [2].

COTICE. Hon, Monsieuye des Finances !

PÈRE UBU. Oh ! tiens, regardez donc le petit toutou. Il est gentil, ma foi.

PILE. Prenez garde ! Ah ! quel énorme ours : mes cartouches !

PÈRE UBU. Un ours ! Ah ! l'atroce bête. Oh ! pauvre homme, me voilà mangé. Que Dieu me protège. Et il vient sur moi. Non, c'est Cotice qu'il attrape. Ah ! je respire.

L'ours se jette sur Cotice. Pile l'attaque à coups de couteau. Ubu se réfugie sur un rocher.

---

1. On peut supposer que c'est avec des « jumelles » que le palotin veut vérifier de quoi il s'agit. Mais, plus proche de l'idée exprimée par « armons-nous » (et des gestes de la scène suivante) il existe aussi un « alumelle » qui était, selon Littré, une lame. 2. L'ours est la représentation traditionnelle de l'Empire russe. Mais dans une comédie-ballet de Molière, *La Princesse d'Elide* (1664), c'est en jouant avec l'écho qu'un personnage de bouffon, Moron, attire un ours ; du haut de l'arbre où il s'est réfugié, il invoque le Ciel tout en encourageant les chasseurs à se battre et conclut « maintenant que vous l'avez tué, je vais l'achever ». Comme dans le Répertoire des costumes, Jarry indique : « L'ours : Bordure en ours », certains commentateurs font de cet animal la réincarnation de Bordure (voir scène suivante).

COTICE. À moi, Pile ! à moi ! au secours, Monsieuye Ubu !

PÈRE UBU. Bernique ! Débrouille-toi, mon ami ; pour le moment, nous faisons notre Pater Noster[1]. Chacun son tour d'être mangé.

PILE. Je l'ai, je le tiens.

COTICE. Ferme[2], ami, il commence à me lâcher.

PÈRE UBU. Sanctificetur nomen tuum[3].

COTICE. Lâche bougre !

PILE. Ah ! il me mord ! O Seigneur, sauvez-nous, je suis mort.

PÈRE UBU. Fiat voluntas tua[4] !

COTICE. Ah ! j'ai réussi à le blesser.

PILE. Hurrah ! il perd son sang.

Au milieu des cris des Palotins, l'ours beugle de douleur et Ubu continue à marmotter.

COTICE. Tiens-le ferme, que j'attrape mon coup-de-poing explosif[5].

PÈRE UBU. Panem nostrum quotidianum da nobis hodie[6].

PILE. L'as-tu enfin ? Je n'en peux plus.

PÈRE UBU. Sicut et nos dimittimus debitoribus nostris[7].

COTICE. Ah ! je l'ai.

Une explosion retentit et l'ours tombe mort.

PILE ET COTICE. Victoire !

---

1. « Notre Père », la prière des chrétiens, dont Ubu va réciter en latin, une phrase sur deux, comme s'il s'agissait de répons, alors que ce n'est pas l'usage pour cette prière (métaphore burlesque de « chacun son tour » ?). 2. Exclamation d'encouragement dans la bataille : pour « tiens ferme ». 3. « Que votre nom soit sanctifié » (selon la traduction de l'époque), (il manque « Que votre règne arrive »). 4. « Que votre volonté soit faite », (il manque « sur la terre comme au ciel »). 5. L'explosion est la caractéristique des Palotins (voir note 2, p. 39.) 6. « Donnez-nous aujourd'hui notre pain quotidien. » 7. (Il manque « pardonnez-nous nos péchés ».) « Comme nous pardonnons à ceux qui nous ont offensés ».

PÈRE UBU. Sed libera nos a malo. Amen[1]. Enfin, est-il bien mort ? Puis-je descendre de mon rocher ?

PILE, *avec mépris.* Tant que vous voudrez.

PÈRE UBU, *descendant.* Vous pouvez vous flatter que si vous êtes encore vivants et si vous foulez encore la neige de Lithuanie, vous le devez à la vertu magnanime du Maître des Finances, qui s'est évertué, échiné et égosillé à débiter des patenôtres[2] pour votre salut, et qui a manié avec autant de courage le glaive spirituel de la prière que vous avez manié avec adresse le temporel[3] de l'ici présent Palotin Cotice coup-de-poing explosif. Nous avons même poussé plus loin notre dévouement, car nous n'avons pas hésité à monter sur un rocher fort haut pour que nos prières aient moins loin à arriver au ciel.

PILE. Révoltante bourrique !

PÈRE UBU. Voici une grosse bête. Grâce à moi, vous avez de quoi souper. Quel ventre, messieurs ! Les Grecs y auraient été plus à l'aise que dans le cheval de bois[4], et peu s'en est fallu, chers amis, que nous n'ayons pu aller vérifier de nos propres yeux sa capacité intérieure.

PILE. Je meurs de faim. Que manger ?

COTICE. L'ours !

PÈRE UBU. Eh ! pauvres gens, allez-vous le manger tout cru ? Nous n'avons rien pour faire du feu.

PILE. N'avons-nous pas nos pierres à fusil ?

PÈRE UBU. Tiens, c'est vrai. Et puis, il me semble que

---

1. (Il manque : « Ne regardez pas nos péchés »), « mais délivrez-nous du mal. Ainsi soit-il. » 2. Terme courant pour désigner non seulement le « Pater noster » mais toute prière débitée mécaniquement. 3. Terme du vocabulaire religieux désignant ce qui est terrestre ou matériel (donc situé dans le temps) par opposition avec les réalités spirituelles, éternelles. 4. Allusion à la légende homérique : les Grecs ont triomphé de Troie en s'introduisant à l'intérieur de la cité dans le ventre d'un gigantesque cheval de bois.

voilà non loin d'ici un petit bois où il doit y avoir des branches sèches. Va en chercher, Sire Cotice.

Cotice s'éloigne à travers la neige.

PILE. Et maintenant, Sire Ubu, allez dépecer l'ours.

PÈRE UBU. Oh non ! Il n'est peut-être pas mort. Tandis que toi, qui es déjà à moitié mangé et mordu de toutes parts, c'est tout à fait dans ton rôle. Je vais allumer du feu en attendant qu'il apporte du bois.

Pile commence à dépecer l'ours.

PÈRE UBU. Oh ! prends garde ! il a bougé.

PILE. Mais, Sire Ubu, il est déjà tout froid.

PÈRE UBU. C'est dommage, il aurait mieux valu le manger chaud. Ceci va procurer une indigestion au Maître des Finances.

PILE, *à part.* C'est révoltant. *(Haut.)* Aidez-nous un peu, Monsieur Ubu, je ne puis faire toute la besogne.

PÈRE UBU. Non, je ne veux rien faire, moi ! Je suis fatigué, bien sûr !

COTICE, *rentrant.* Quelle neige, mes amis, on se dirait en Castille ou au pôle Nord. La nuit commence à tomber. Dans une heure il fera noir. Hâtons-nous pour voir encore clair.

PÈRE UBU. Oui, entends-tu, Pile ? hâte-toi. Hâtez-vous tous les deux ! Embrochez la bête, cuisez la bête, j'ai faim, moi !

PILE. Ah ! c'est trop fort, à la fin ! Il faudra travailler ou bien tu n'auras rien, entends-tu, goinfre !

PÈRE UBU. Oh ! ça m'est égal, j'aime autant le manger tout cru, c'est vous qui serez attrapés. Et puis, j'ai sommeil, moi !

COTICE. Que voulez-vous, Pile ? Faisons le dîner tout seuls. Il n'en aura pas. Voilà tout. Ou bien on pourra lui donner les os.

PILE. C'est bien. Ah, voilà le feu qui flambe.

PÈRE UBU. Oh ! c'est bon ça, il fait chaud maintenant. Mais je vois des Russes partout. Quelle fuite, grand Dieu ! Ah !

Il tombe endormi.

COTICE. Je voudrais savoir si ce que disait Rensky est vrai, si la Mère Ubu est vraiment détrônée. Ça n'aurait rien d'impossible.

PILE. Finissons de faire le souper.

COTICE. Non, nous avons à parler de choses plus importantes. Je pense qu'il serait bon de nous enquérir de la véracité de ces nouvelles.

PILE. C'est vrai, faut-il abandonner le Père Ubu ou rester avec lui ?

COTICE. La nuit porte conseil. Dormons, nous verrons demain ce qu'il faut faire.

PILE. Non, il vaut mieux profiter de la nuit pour nous en aller.

COTICE. Partons, alors.

Ils partent.

Scène VII

UBU, *parle en dormant.* Ah ! Sire Dragon russe, faites attention, ne tirez pas par ici, il y a du monde. Ah ! voilà Bordure, qu'il est mauvais, on dirait un ours. Et Bougrelas qui vient sur moi ! L'ours, l'ours ! Ah ! le voilà à bas ! qu'il est dur, grand Dieu ! Je ne veux rien faire, moi ! Va-t'en, Bougrelas ! Entends-tu, drôle ? Voilà Rensky maintenant, et le Czar ! Oh ! ils vont me battre. Et la Rbue [1] ! Où as-tu pris

1. L'allusion à la mère Ubu paraît évidente, avec un nom évoquant aussi « rebut », barbue, bue etc.

tout cet or ? Tu m'as pris mon or, misérable, tu as été farfouiller dans mon tombeau qui est dans la cathédrale de Varsovie, près de la Lune. Je suis mort depuis longtemps, moi, c'est Bougrelas qui m'a tué et je suis enterré à Varsovie près de Vladislas[1] le Grand, et aussi à Cracovie près de Jean Sigismond[2], et aussi à Thorn dans la casemate avec Bordure ! Le voilà encore. Mais va-t'en, maudit ours. Tu ressembles à Bordure[3]. Entends-tu, bête de Satan ? Non, il n'entend pas, les Salopins lui ont coupé les oneilles. Décervelez, tudez[4], coupez les oneilles, arrachez la finance et buvez jusqu'à la mort, c'est la vie des Salopins, c'est le bonheur du Maître des Finances.

Il se tait et dort.

FIN DU QUATRIÈME ACTE

---

1. Autre forme du nom Ladislas. **2.** Un des rois Sigismond (voir la scène 1 de l'acte IV), gouverneur de Lituanie, est mort à Cracovie. **3.** Voir note 2, p. 74. **4.** Emprunt à une racine provençale : « frappez ».

Laval au XIXe siècle. La première maison à droite au bord de la rivière est la maison natale d'Alfred Jarry

ACTE V

Scène Première

Il fait nuit. LE PÈRE UBU *dort. Entre* LA MÈRE UBU *sans le voir. L'obscurité est complète.*

MÈRE UBU. Enfin, me voilà à l'abri. Je suis seule ici, ce n'est pas dommage, mais quelle course effrénée : traverser toute la Pologne en quatre jours ! Tous les malheurs m'ont assaillie à la fois. Aussitôt partie cette grosse bourrique, je vais à la crypte m'enrichir. Bientôt après je manque d'être lapidée par ce Bougrelas et ces enragés. Je perds mon cavalier le Palotin Giron qui était si amoureux de mes attraits qu'il se pâmait d'aise en me voyant [1], et même, m'a-t-on assuré, en ne me voyant pas, ce qui est le comble de la tendresse. Il se serait fait couper en deux pour moi, le pauvre garçon. La preuve, c'est qu'il a été coupé en quatre [2] par Bougrelas. Pif paf pan ! Ah ! je pense mourir. Ensuite donc, je prends la fuite, poursuivie par la foule en fureur. Je quitte le palais, j'arrive à la Vistule, tous les ponts étaient gardés. Je passe le fleuve à la nage, espérant ainsi lasser mes persécuteurs. De tous côtés la noblesse se rassemble et me poursuit. Je manque mille fois périr, étouffée dans un cercle de Polonais acharnés

---

1. C'est le thème de *Ubu cocu.* **2.** Le terme de blason « giron » évoque la division de l'écu en plusieurs parties (voir ill. p. 93).

à me perdre. Enfin je trompai leur fureur, et après quatre jours de courses dans la neige de ce qui fut mon royaume j'arrive me réfugier ici. Je n'ai ni bu ni mangé ces quatre jours. Bougrelas me serrait de près... Enfin, me voilà sauvée. Ah ! je suis morte de fatigue et de froid. Mais je voudrais bien savoir ce qu'est devenu mon gros polichinelle, je veux dire mon très respectable époux. Lui en ai-je pris, de la finance. Lui en ai-je volé, des rixdales[1]. Lui en ai-je tiré, des carottes. Et son cheval à finances qui mourait de faim : il ne voyait pas souvent d'avoine, le pauvre diable. Ah ! la bonne histoire. Mais hélas ! j'ai perdu mon trésor ! Il est à Varsovie, ira le chercher qui voudra.

PÈRE UBU, *commençant à se réveiller.* Attrapez la Mère Ubu, coupez les oneilles !

MÈRE UBU. Ah ! Dieu ! Où suis-je ? Je perds la tête. Ah ! non, Seigneur !
Grâce au Ciel j'entrevoi
Monsieur le Père Ubu qui dort auprès de moi[2].
Faisons la gentille. Eh bien, mon gros bonhomme, as-tu bien dormi ?

PÈRE UBU. Fort mal ! Il était bien dur cet ours ! Combat des voraces contre les coriaces[3], mais les voraces ont complètement mangé et dévoré les coriaces, comme vous le verrez quand il fera jour ; entendez-vous, nobles Palotins ?

MÈRE UBU. Qu'est-ce qu'il bafouille ? Il est encore plus bête que quand il est parti. À qui en a-t-il ?

PÈRE UBU. Cotice, Pile, répondez-moi, sac à merdre ! Où êtes-vous ? Ah ! j'ai peur. Mais enfin on a parlé.

---

1. Terme d'argot désignant de l'argent extorqué (voir notre « carotter »).
2. Si tout le récit de la mère Ubu rappelle les tirades du théâtre classique par lesquelles un personnage raconte ce qui lui est arrivé, ici elle parodie explicitement l'*Andromaque* de Racine : (...) Grâce aux ciels j'entrevoi,/ Dieux ! quels ruisseaux de sang coulent autour de moi ! (V, 5, v. 1627-1628). 3. Autre rappel du théâtre classique : dans la pièce de Corneille, *Horace*, les trois frères « Horace » combattent les trois frères « Curiace ».

Qui a parlé ? Ce n'est pas l'ours, je suppose. Merdre ! Où sont mes allumettes ? Ah ! je les ai perdues à la bataille.

Mère Ubu, *à part.* Profitons de la situation et de la nuit, simulons une apparition surnaturelle et faisons-lui promettre de nous pardonner nos larcins.

Père Ubu. Mais, par saint Antoine ! on parle. Jambedieu[1] ! Je veux être pendu[2] !

Mère Ubu, *grossissant sa voix.* Oui, monsieur Ubu, on parle, en effet, et la trompette de l'archange[3] qui doit tirer les morts de la cendre et de la poussière finale ne parlerait pas autrement ! Écoutez cette voix sévère. C'est celle de saint Gabriel qui ne peut donner que de bons conseils.

Père Ubu. Oh ! ça, en effet !

Mère Ubu. Ne m'interrompez pas ou je me tais et c'en sera fait de votre giborgne[4] !

Père Ubu. Ah ! ma gidouille ! Je me tais, je ne dis plus mot. Continuez, madame l'Apparition !

Mère Ubu. Nous disions, monsieur Ubu, que vous étiez un gros bonhomme !

Père Ubu. Très gros, en effet, ceci est juste.

Mère Ubu. Taisez-vous, de par Dieu !

Père Ubu. Oh ! les anges ne jurent pas !

Mère Ubu, *à part.* Merdre ! *(Continuant.)* Vous êtes marié, Monsieur Ubu ?

Père Ubu. Parfaitement, à la dernière des chipies !

Mère Ubu. Vous voulez dire que c'est une femme charmante.

Père Ubu. Une horreur. Elle a des griffes partout, on ne sait par où la prendre.

Mère Ubu. Il faut la prendre par la douceur, sire Ubu,

---

1. Voir note 3, p. 65. **2.** Sous-entendu « si ce n'est pas le cas ». **3.** L'archange Gabriel qui sonne le jugement dernier et ressuscite les morts dans la tradition chrétienne. Tout le passage parodie le ton de l'éloquence religieuse. **4.** Variante créée sur « giberne » (un sac porté sur l'épaule) évoquant la gidouille, comme le confirme la réplique suivante.

et si vous la prenez ainsi vous verrez qu'elle est au moins l'égale de la Vénus de Capoue[1].

PÈRE UBU. Qui dites-vous qui a des poux ?

MÈRE UBU. Vous n'écoutez pas, monsieur Ubu ; prêtez-nous une oreille plus attentive. *(À part.)* Mais hâtons-nous, le jour va se lever. Monsieur Ubu, votre femme est adorable et délicieuse, elle n'a pas un seul défaut.

PÈRE UBU. Vous vous trompez, il n'y a pas un défaut qu'elle ne possède.

MÈRE UBU. Silence donc ! Votre femme ne vous fait pas d'infidélités !

PÈRE UBU. Je voudrais bien voir qui pourrait être amoureux d'elle. C'est une harpie[2] !

MÈRE UBU. Elle ne boit pas !

PÈRE UBU. Depuis que j'ai pris la clef de la cave. Avant, à sept heures du matin elle était ronde et elle se parfumait à l'eau-de-vie. Maintenant qu'elle se parfume à l'héliotrope elle ne sent pas plus mauvais. Ça m'est égal. Mais maintenant il n'y a plus que moi à être rond !

MÈRE UBU. Sot personnage ! — Votre femme ne vous prend pas votre or.

PÈRE UBU. Non, c'est drôle !

MÈRE UBU. Elle ne détourne pas un sou !

PÈRE UBU. Témoin monsieur notre noble et infortuné cheval à Phynances, qui, n'étant pas nourri depuis trois mois, a dû faire la campagne entière traîné par la bride à travers l'Ukraine. Aussi est-il mort à la tâche, la pauvre bête !

MÈRE UBU. Tout ceci sont des mensonges, votre femme est un modèle et vous quel monstre vous faites !

PÈRE UBU. Tout ceci sont des vérités. Ma femme est une coquine et vous quelle andouille vous faites !

---

1. Statue antique représentant la déesse de l'amour exposée au musée de Naples. 2. Voir note 1, p. 65.

MÈRE UBU. Prenez garde, Père Ubu.

PÈRE UBU. Ah ! c'est vrai, j'oubliais à qui je parlais. Non, je n'ai pas dit ça !

MÈRE UBU. Vous avez tué Venceslas.

PÈRE UBU. Ce n'est pas ma faute, moi, bien sûr. C'est la Mère Ubu qui a voulu.

MÈRE UBU. Vous avez fait mourir Boleslas et Ladislas.

PÈRE UBU. Tant pis pour eux ! Ils voulaient me taper !

MÈRE UBU. Vous n'avez pas tenu votre promesse envers Bordure et plus tard vous l'avez tué.

PÈRE UBU. J'aime mieux que ce soit moi que lui qui règne en Lithuanie. Pour le moment ça n'est ni l'un ni l'autre. Ainsi vous voyez que ce n'est pas moi.

MÈRE UBU. Vous n'avez qu'une manière de vous faire pardonner tous vos méfaits.

PÈRE UBU. Laquelle ? Je suis tout disposé à devenir un saint homme, je veux être évêque et voir mon nom sur le calendrier.

MÈRE UBU. Il faut pardonner à la Mère Ubu d'avoir détourné un peu d'argent.

PÈRE UBU. Eh bien, voilà ! Je lui pardonnerai quand elle m'aura rendu tout, qu'elle aura été bien rossée et qu'elle aura ressuscité mon cheval à finances.

MÈRE UBU. Il en est toqué de son cheval ! Ah ! je suis perdue, le jour se lève.

PÈRE UBU. Mais enfin je suis content de savoir maintenant assurément que ma chère épouse me volait. Je le sais maintenant de source sûre. Omnis a Deo scientia, ce qui veut dire : Omnis, toute ; a Deo, science ; scientia, vient de Dieu[1]. Voilà l'explication du phénomène. Mais madame l'Apparition ne dit plus rien. Que ne puis-je lui offrir de quoi se réconforter. Ce qu'elle disait était très amusant. Tiens, mais il fait jour ! Ah ! Seigneur, de par mon cheval à finances, c'est la Mère Ubu !

---

1. La traduction mot à mot intervertit les termes : c'est *a Deo* qui signifie « vient de Dieu » et *scientia* qui signifie « science ».

MÈRE UBU, *effrontément.* Ça n'est pas vrai, je vais vous excommunier.

PÈRE UBU. Ah ! charogne !

MÈRE UBU. Quelle impiété.

PÈRE UBU. Ah ! c'est trop fort. Je vois bien que c'est toi, sotte chipie ! Pourquoi diable es-tu ici ?

MÈRE UBU. Giron est mort et les Polonais m'ont chassée.

PÈRE UBU. Et moi, ce sont les Russes qui m'ont chassé : les beaux esprits se rencontrent.

MÈRE UBU. Dis donc qu'un bel esprit a rencontré une bourrique !

PÈRE UBU. Ah ! eh bien, il va rencontrer un palmipède[1] maintenant.

Il lui jette l'ours.

MÈRE UBU, *tombant accablée sous le poids de l'ours.* Ah ! grand Dieu ! Quelle horreur ! Ah ! je meurs ! J'étouffe ! il me mord ! Il m'avale ! il me digère !

PÈRE UBU. Il est mort ! grotesque. Oh ! mais, au fait, peut-être que non ! Ah ! Seigneur ! non, il n'est pas mort, sauvons-nous. *(Remontant sur son rocher.)* Pater noster qui es...[2]

MÈRE UBU, *se débarrassant.* Tiens ! où est-il ?

PÈRE UBU. Ah ! Seigneur ! la voilà encore ! Sotte créature, il n'y a donc pas moyen de se débarrasser d'elle. Est-il mort, cet ours ?

MÈRE UBU. Eh oui, sotte bourrique, il est déjà tout froid. Comment est-il venu ici ?

PÈRE UBU, *confus.* Je ne sais pas. Ah ! si, je sais ! Il a voulu manger Pile et Cotice et moi je l'ai tué d'un coup de Pater Noster.

MÈRE UBU. Pile, Cotice, Pater Noster. Qu'est-ce que c'est que ça ? Il est fou, ma finance !

---

1. Terme utilisé évidemment à la place de « plantigrade ». 2. « Notre Père qui êtes (aux cieux...) ».

PÈRE UBU. C'est très exact ce que je dis ! Et toi tu es idiote, ma giborgne[1] !

MÈRE UBU. Raconte-moi ta campagne, Père Ubu.

PÈRE UBU. Oh ! dame, non ! C'est trop long. Tout ce que je sais, c'est que malgré mon incontestable vaillance tout le monde m'a battu.

MÈRE UBU. Comment, même les Polonais ?

PÈRE UBU. Ils criaient : Vive Venceslas et Bougrelas. J'ai cru qu'on voulait m'écarteler. Oh ! les enragés ! Et puis ils ont tué Rensky !

MÈRE UBU. Ça m'est bien égal ! Tu sais que Bougrelas a tué le Palotin Giron !

PÈRE UBU. Ça m'est bien égal ! Et puis ils ont tué le pauvre Lascy !

MÈRE UBU. Ça m'est bien égal !

PÈRE UBU. Oh ! mais tout de même, arrive ici, charogne ! Mets-toi à genoux devant ton maître *(il l'empoigne et la jette à genoux)*, tu vas subir le dernier supplice.

MÈRE UBU. Ho, ho, monsieur Ubu !

PÈRE UBU. Oh ! oh ! oh ! après, as-tu fini ? Moi je commence : torsion du nez, arrachement des cheveux, pénétration du petit bout de bois dans les oneilles, extraction de la cervelle par les talons, lacération du postérieur, suppression partielle ou même totale de la moelle épinière (si au moins ça pouvait lui ôter les épines du caractère), sans oublier l'ouverture de la vessie natatoire et finalement la grande décollation renouvelée de saint Jean-Baptiste[2], le tout tiré des très saintes Écritures, tant de l'Ancien que du Nouveau Testa-

---

1. Voir note 4, p. 83. 2. Ce prophète, le cousin germain de Jésus-Christ, et qui avait annoncé sa venue, fut décapité, et sa tête présentée à Salomé qui l'avait réclamée. De nombreuses illustrations de cet épisode célèbre de la tradition chrétienne sont données à la fin du XIXᵉ siècle (tableau très « symboliste » de Gustave Moreau, pièce d'Oscar Wilde, etc.).

ment[1], mis en ordre, corrigé et perfectionné par l'ici présent Maître des Finances ! Ça te va-t-il, andouille ?

Il la déchire[2].

MÈRE UBU. Grâce, monsieur Ubu !

Grand bruit à l'entrée de la caverne.

Scène II

LES MÊMES, BOUGRELAS
se ruant dans la caverne avec les soldats.

BOUGRELAS. En avant, mes amis ! Vive la Pologne !

PÈRE UBU. Oh ! oh ! attends un peu, monsieur le Polognard. Attends que j'en aie fini avec madame ma moitié !

BOUGRELAS, *le frappant.* Tiens, lâche, gueux, sacripant, mécréant, musulman !

PÈRE UBU, *ripostant.* Tiens ! Polognard, soûlard, bâtard, hussard, tartare, calard, cafard, mouchard, savoyard, communard !

MÈRE UBU, *le battant aussi.* Tiens, capon, cochon, félon, histrion, fripon, souillon, polochon[3] !

---

1. Pour les chrétiens, l'Ancien Testament est la Bible, le Nouveau est l'Évangile. Si les supplices évoqués sont, bien entendu, fantaisistes, ils ne peuvent manquer d'évoquer ceux de la Passion du Christ, ou ceux qu'ont subis les martyrs chrétiens. 2. Voir note 2, p. 71. 3. Dans cette liste hétéroclite d'injures choisies pour leurs sonorités : « musulman » était pour l'Occident chrétien synonyme de barbare ; « calard », terme inventé, doit être rattaché à « caler » : se laisser tomber ; « communard » fait référence au soulèvement de la Commune de Paris en 1871 ; « capon » est une injure vieillie pour « lâche » ; « histrion » désigne un acteur jouant de façon outrée et vulgaire ; « polochon » selon les frères Morin désignait dans les farces lycéennes un animal imaginaire sans tête et doté de deux postérieurs.

Les Soldats se ruent sur les Ubs[1] *qui se défendent de leur mieux.*

PÈRE UBU. Dieux ! quels renfoncements[2] !

MÈRE UBU. On a des pieds, messieurs les Polonais.

PÈRE UBU. De par ma chandelle verte, ça va-t-il finir, à la fin de la fin ? Encore un ! Ah ! si j'avais ici mon cheval à phynances !

BOUGRELAS. Tapez, tapez toujours !

VOIX AU-DEHORS. Vive le Père Ubé, notre grand financier !

PÈRE UBU. Ah ! les voilà. Hurrah ! Voilà les Pères Ubus. En avant, arrivez, on a besoin de vous, messieurs des Finances !

Entrent les Palotins, qui se jettent dans la mêlée.

COTICE. À la porte, les Polonais !

PILE. Hon ! nous nous revoyons, Monsieuye[3] des Finances. En avant, poussez vigoureusement, gagnez la porte, une fois dehors il n'y aura plus qu'à se sauver.

PÈRE UBU. Oh ! ça, c'est mon plus fort. Oh comme il tape.

BOUGRELAS. Dieu ! je suis blessé.

STANISLAS LECZINSKI. Ce n'est rien, Sire.

BOUGRELAS. Non, je suis seulement étourdi.

JEAN SOBIESKI. Tapez, tapez toujours, ils gagnent la porte, les gueux.

COTICE. On approche, suivez le monde. Par conséiquent de quoye, je vois le ciel.

PILE. Courage, sire Ubu !

PÈRE UBU. Ah ! j'en fais dans ma culotte. En avant,

---

1. Voir acte IV, sc. 2 : où cette variante du nom a déjà été employée. Plus loin une autre forme en « é » semble faite pour rimer. Pour ce rappel des déformations du nom du « P.H. » voir Introduction, p. 7. 2. Semble fait sur le terme militaire « enfoncer » (la ligne de l'adversaire). 3. Voir note 3, p. 64.

cornegidouille ! Tudez[1], saignez, écorchez, massacrez, corne d'Ubu ! Ah ! ça diminue !

COTICE. Il n'y en a plus que deux à garder la porte.

PÈRE UBU, *les assommant à coups d'ours.* Et d'un, et de deux ! Ouf ! me voilà dehors ! Sauvons-nous ! suivez, les autres, et vivement !

Scène III

La scène représente la province de Livonie[2] *couverte de neige.*

LES UBS *et leur suite en fuite.*

PÈRE UBU. Ah ! je crois qu'ils ont renoncé à nous attraper.

MÈRE UBU. Oui, Bougrelas est allé se faire couronner.

PÈRE UBU. Je ne la lui envie pas, sa couronne.

MÈRE UBU. Tu as bien raison, Père Ubu.

Ils disparaissent dans le lointain.

Scène IV

Le pont d'un navire courant au plus près sur la Baltique.

Sur le pont LE PÈRE UBU *et toute sa bande.*

LE COMMANDANT. Ah ! quelle belle brise !

PÈRE UBU. Il est de fait que nous filons avec une rapidité qui tient du prodige. Nous devons faire au moins un million de nœuds à l'heure, et ces nœuds ont ceci de bon qu'une fois faits ils ne se défont pas. Il est vrai que nous avons vent arrière.

PILE. Quel triste imbécile.

---

1. Voir note 4, p. 79. 2. Autre pays balte lié à un moment de son histoire à la Pologne.

Une risée arrive, le navire couche et blanchit la mer.

PÈRE UBU. Oh ! Ah ! Dieu ! nous voilà chavirés. Mais il va tout de travers, il va tomber, ton bateau.

LE COMMANDANT. Tout le monde sous le vent, bordez la misaine !

PÈRE UBU. Ah ! mais non, par exemple ! Ne vous mettez pas tous du même côté ! C'est imprudent ça. Et supposez que le vent vienne à changer de côté : tout le monde irait au fond de l'eau et les poissons nous mangeront.

LE COMMANDANT. N'arrivez pas, serrez près et plein !

PÈRE UBU. Si ! Si ! Arrivez. Je suis pressé, moi ! Arrivez, entendez-vous ! C'est ta faute, brute de capitaine, si nous n'arrivons pas. Nous devrions être arrivés. Oh oh, mais je vais commander, moi, alors ! Pare à virer ! À Dieu vat. Mouillez, virez vent devant, virez vent arrière. Hissez les voiles, serrez les voiles, la barre dessus, la barre dessous, la barre à côté. Vous voyez, ça va très bien. Venez en travers à la lame et alors ce sera parfait [1].

Tous se tordent, la brise fraîchit.

LE COMMANDANT. Amenez le grand foc, prenez un ris aux huniers !

PÈRE UBU. Ceci n'est pas mal, c'est même bon ! Entendez-vous, monsieur l'Équipage ? amenez le grand coq et allez faire un tour dans les pruniers.

Plusieurs agonisent de rire. Une lame embarque.

PÈRE UBU. Oh ! quel déluge ! Ceci est un effet des manœuvres que nous avons ordonnées.

MÈRE UBU ET PILE. Délicieuse chose que la navigation !

Deuxième lame embarque.

---

1. La scène accumule les quiproquos : comme dans les manœuvres militaires, le Père Ubu s'embrouille dans les termes de marine, ce qui le conduit à ordonner une manœuvre grotesque.

PILE, *inondé*. Méfiez-vous de Satan et de ses pompes [1].

PÈRE UBU. Sire garçon, apportez-nous à boire.

Tous s'installent à boire.

MÈRE UBU. Ah ! quel délice de revoir bientôt la douce France, nos vieux amis et notre château de Mondragon [2] !

PÈRE UBU. Eh ! nous y serons bientôt. Nous arrivons à l'instant sous le château d'Elseneur [3].

PILE. Je me sens ragaillardi à l'idée de revoir ma chère Espagne [4].

COTICE. Oui, et nous éblouirons nos compatriotes des récits de nos aventures merveilleuses.

PÈRE UBU. Oh ! ça, évidemment ! Et moi, je me ferai nommer Maître des Finances à Paris.

MÈRE UBU. C'est cela ! Ah ! quelle secousse !

COTICE. Ce n'est rien, nous venons de doubler la pointe d'Elseneur.

PILE. Et maintenant notre noble navire s'élance à toute vitesse sur les sombres lames de la mer du Nord.

PÈRE UBU. Mer farouche et inhospitalière qui baigne le pays appelé Germanie [5], ainsi nommé parce que les habitants de ce pays sont tous cousins germains.

---

1. Jeu de mots emprunté à la formule chrétienne « renoncer à Satan, ses pompes (autrement dit : les splendeurs qui lui servent à séduire les âmes) et ses œuvres ». Rien à voir avec les pompes à eau. 2. Ce nom, aux résonances naïvement terrifiantes, est celui d'un château en ruine dans la région d'Arles (d'où venaient les frères Morin). 3. Référence directe au château où Shakespeare a situé *Hamlet*, au Danemark. 4. Dans la version lycéenne de la pièce, les palotins portaient des noms espagnols. D'ailleurs, Ubu s'est dit « ancien roi d'Aragon ». 5. Étymologie bien entendu fantaisiste : l'adjectif « germain » (dans « cousins germains ») se rattache à « germe » et n'a rien à voir avec le peuple et le pays décrits par Tacite au Iᵉʳ siècle dans l'ouvrage intitulé *La Germanie*, dont le ton est ici parodié.

MÈRE UBU. Voilà ce que j'appelle de l'érudition. On dit ce pays fort beau.

PÈRE UBU. Ah ! messieurs ! si beau qu'il soit il ne vaut pas la Pologne. S'il n'y avait pas de Pologne, il n'y aurait pas de Polonais[1] !

FIN

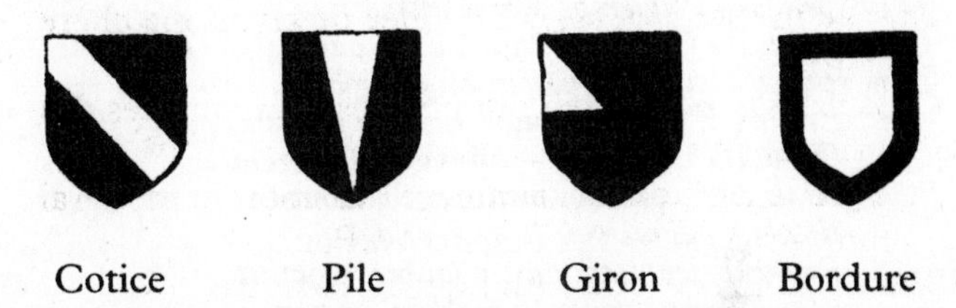

Pièces de blason correspondant aux noms des trois Palotins et du capitaine Bordure.

1. Clin d'œil adressé par l'auteur qui fait ainsi référence au titre de la pièce lycéenne *Les Polonais* (voir Introduction, p. 7). Le terme peut même fonctionner de façon plus large, puisque dans la seconde présentation d'*Ubu roi*, Jarry félicite le public qui « ... pour quelques heures, s'est consenti Polonais ».

LA CHANSON DU DÉCERVELAGE[1]

Je fus pendant longtemps ouvrier ébéniste,
Dans la ru' du Champ d'Mars, d' la paroiss' de Toussaints.
Mon épouse exerçait la profession d' modiste,
Et nous n'avions jamais manqué de rien. —
Quand le dimanch' s'annonçait sans nuage,
Nous exhibions nos beaux accoutrements
Et nous allions voir le décervelage
Ru' d' l'Échaudé, passer un bon moment.
Voyez, voyez la machin' tourner,
Voyez, voyez la cervell' sauter,
Voyez, voyez les rentiers trembler ;
(Chœur) : *Hourra, cornes-au-cul, vive le père Ubu !*

Nos deux marmots chéris, barbouillés d' confitures,
Brandissant avec joi' des poupins en papier,
Avec nous s'installaient sur le haut d' la voiture
Et nous roulions gaîment vers l'Échaudé. —
On s' précipite en foule à la barrière[2]*,*
On s' fich' des coups pour être au premier rang ;
Moi je m' mettais toujours sur un tas d' pierres
Pour pas salir mes godillots dans l' sang.
Voyez, voyez la machin' tourner,
Voyez, voyez la cervell' sauter,
Voyez, voyez les rentiers trembler ;
(Chœur) : *Hourra, cornes-au-cul, vive le père Ubu !*

Bientôt ma femme et moi nous somm's tout blancs d'cervelle
Les marmots en boulott' nt et tous nous trépignons

---

1. Rajoutée à la représentation du théâtre des Pantins (voir p. 18), cette chanson figure aussi dans *Ubu cocu*. 2. Terme classique désignant l'entrée dans la ville. C'est la limite de la banlieue, lieu où se trouvaient des cabarets et autres endroits un peu canailles.

En voyant l' Palotin[1] *qui brandit sa lumelle*[2],
Et les blessur' s et les numéros d' plomb. —
Soudain j'perçois dans l' coin, près d' la machine,
La gueul' d'un bonz'[3] *qui n' m' revient qu'à moitié.*
Mon vieux, que j' dis, je r'connais ta bobine,
Tu m'as volé, c'est pas moi qui t' plaindrai.
Voyez, voyez la machin' tourner,
Voyez, voyez la cervell' sauter,
Voyez, voyez les rentiers trembler ;
(Chœur) : *Hourra, cornes-au-cul, vive le père Ubu !*

Soudain j' me sens tirer la manch' par mon épouse :
Espèc' d'andouill', qu'ell' m' dit, v'là l' moment d' te montrer :
Flanque-lui par la gueule un bon gros paquet d' bouse,
V'la l' Palotin qu'a just' le dos tourné. —
En entendant ce raisonn'ment superbe,
J'attrap' sus l'coup mon courage à deux mains :
J' flanque au rentier une gigantesque merdre
Qui s'aplatit sur l' nez du Palotin.
Voyez, voyez la machin's tourner,
Voyez, voyez la cervell' sauter,
Voyez, voyez les rentiers trembler ;
(Chœur) : *Hourra, cornes-au-cul, vive le père Ubu !*

Aussitôt j' suis lancé par-dessus la barrière,
Par la foule en fureur je me vois bousculé
Et j'suis précipité la tête la première
Dans l' grand trou noir d'ous qu'on n' revient jamais. —
Voilà c' que c'est qu' d'aller s' promener l' dimanche
Ru' d' l'Échaudé pour voir décerveler,
Marcher l' Pinc'-Porc[4] *ou bien l' Démanch'-Comanche*[5],
On part vivant et l'on revient tudé[6].
Voyez, voyez la machin' tourner,
Voyez, voyez la cervell' sauter,
Voyez, voyez les rentiers trembler ;
(Chœur) : *Hourra, cornes-au-cul, vive le père Ubu !*

---

1. Voir note 2, p. 39. **2.** Voir note 1, p. 74. **3.** Terme d'argot équivalent de « type ». **4.** Voir les mêmes noms de lieu, évocateurs d'un massacre, Acte III, scène 2. **5.** Comme « Apache », terme d'argot désignant les mauvais garçons prompts à jouer du couteau. **6.** Voir note 4, p. 79. Ici, peut-être plus proche de « tué ».

Table

Introduction par Marie-France Azéma 7
Repères chronologiques 17

UBU ROI

Acte I 25
Acte II 37
Acte III 47
Acte IV 63
Acte V 81

La chanson du décervelage 94

Composition réalisée par NORD COMPO

Achevé d'imprimer en février 2018 en Espagne par
CPI BLACK PRINT
Dépôt légal 1re publication : juin 2000
Édition 18 - février 2018
LIBRAIRIE GÉNÉRALE FRANÇAISE – 21, rue du Montparnasse – 75298 Paris Cedex 06

31/4905/1